助けてぇーと叫ぶ僕にパラレルワールドの僕がやってきた

豊全

きみさぁ〜、まずそのがん治そうか

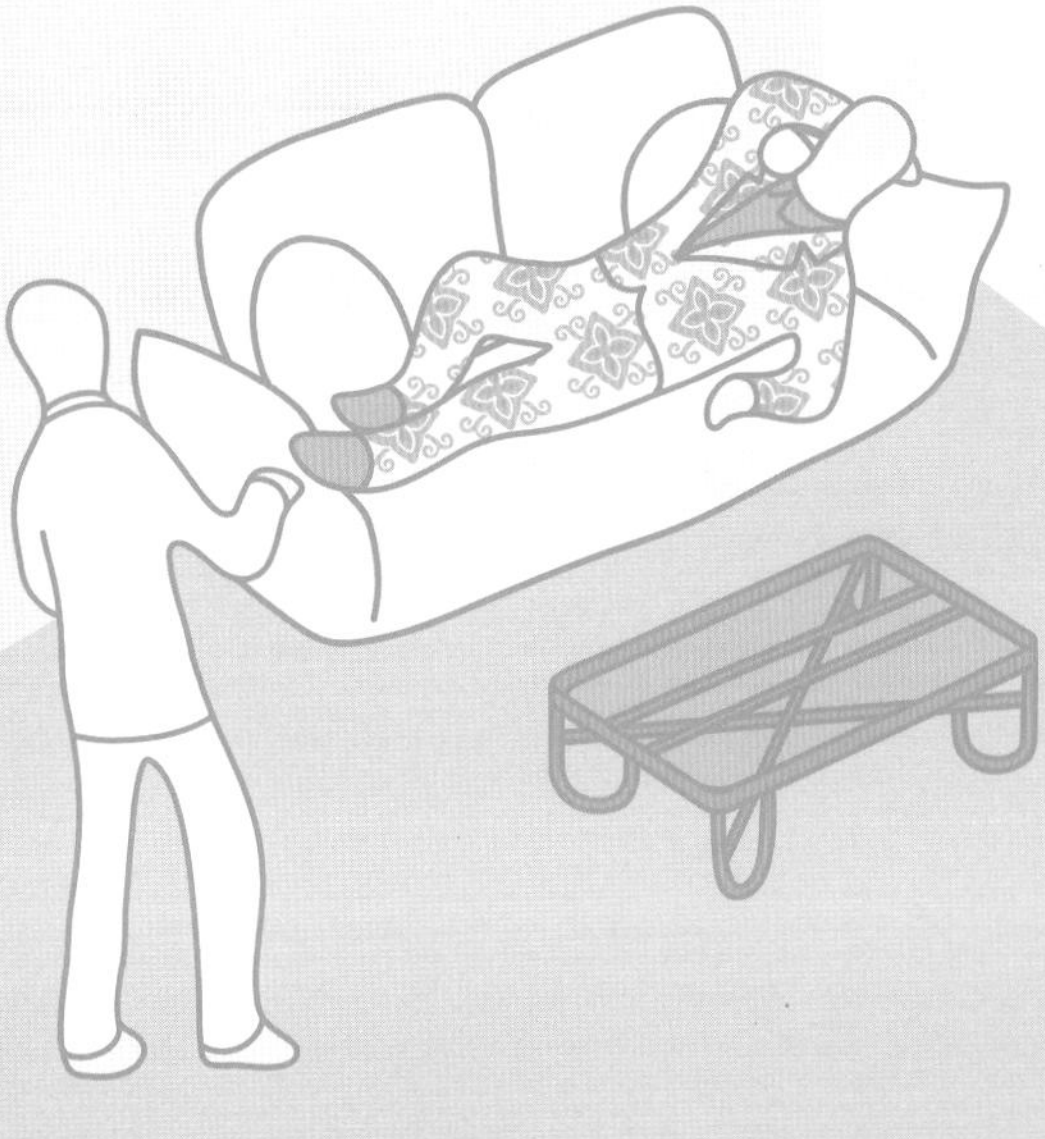

ラグーナ出版

はじめに

「僕は死んだのか？」

　春の朝日が差し込み、眩しく、目を覚ました僕は頭がボーッとしていた。ハッキリしない意識の中で目に飛び込んできたのはソファに横たわった男の姿だった。大の字になっているその男はどこからどう見ても自分自身だ。

　本当は余命なんか無い僕を気遣って、「残り一カ月」と医者に告げられたのは三日前。僕は末期がんだった。やっぱりあのデータで生きている方が変だもんな。長く臨床検査技師の仕事をしていた僕は、医者にデータを見せられたときから、自分がもう長くは生きられないことを悟っていた。

　そうかー、僕もとうとう死んだのか。今から三途の川とか渡って、そしたら、死んだ父ちゃんでも迎えにくるんだろうか。来なかったら少し寂しいなー。あーしまった。母ちゃんに電話の一本でもして、声を聞かせればよかった。最後の最後まで親孝行できなかったなぁ。

　僕は込み上げる涙で頬を濡らしていた。その時、ソファの死体が上半身を起こして、

「おっ！　起きたか。おはよう！　君、泣いてるのか？」

と、声をかけてきた。僕もベッドから飛び起きながら、

「ぎゃー、お、お化け！」

と、叫んでいた。

「うわっ！　あービックリした。なんだよ、君、急に大声出して。何がお化けだよ。驚くだろ。死ぬかと思ったぞ」

「え？　僕の死体ですよね？」

「ばかか。私が死体だとして、その死体としゃべってる君は何者だ？」

「誰、誰ですか？」

「私は君だ！」

「幽体離脱？」

「違う。私は、君が理想としているパラレルワールドから来た君だ！」

「え？」

僕は自分に何が起こっているのか理解できず、頭が真っ白だった。

「取りあえず、僕は生きてる？」

「生きてるよ。残念か？　三途の川、見てみたかったか」

「それで、なんで僕のところに？」

「君を見てられなくてさ。理想にするパラレルワールドにワープする方法を教えてやろうかと思ってな」

パラレルワールドから来たという怪しげな男は、僕の部屋に突如現れ、そう言った。
その日から異世界から来た男による、パラレルワールドをワープするための勉強と実践の日々が始まった。

本書は、がんという爆弾を抱え、余命一カ月の宣告を受けた僕が、ある怪しげな男と出会ったことで希望の未来へと歩き出した、実話に基づく物語です。この本を読み終えたとき、あなたの心にも希望が見えることを願っています。

もくじ

はじめに　1
第1章　余命一カ月の出会い　7
第2章　僕ががんになったわけ　41
第3章　パラレルワールドの秘密　79
第4章　パラレルワールドのルール　125
第5章　いざ、パラレルワールドへ　155
第6章　現在《いま》を生きる　167
おわりに　185

第1章

余命一カ月の出会い

僕の死体が動いた

死の宣告を受けた時、僕が最初に気になったのは仕事のことだった。僕の勤め先は宮城県にある病院で、寝る暇もないくらいに毎日が忙しかった。今、僕が辞めたら困るだろうな。そんな考えが頭を離れなかった。だから僕は、自分を担当してくれている医者に「仕事はどうしたらよいでしょうか?」とそのままの気持ちを伝えた。

すると医者からこう言われた。

「何、ばかなことを言っているんだね。余命一カ月。いや、今、生きていること自体、奇跡としか思えない。それくらいひどい状態だ。悪いことは言わん。病院を辞めて、残りの人生を好きに生きろ！　悔いを残さないようにな」

確かに、死！　確定！という時に、仕事をどうしよう?なんて考えるのもおかしな話だと、いつのまにか身につけていた価値観にうんざりした。ガチガチと義務感に縛られ、それを疑いもせずに生きてきたことをばからしく感じる。その時、胸につかえていた得体の知れない重いものが仕事に対するストレスだったのだと、ハッキリと理解した。

体力が日に日に落ちていく中、体重も一カ月で十六キロも減った。ダイエットなら大成功！と喜ぶところだけど、この状況での体重激減は致命的にも感じていた。視界は暗くなり、定期的に襲ってくるめまいと腹痛に下血。重苦しい腰、鉄板でも入れたのか？と思うほど、背中は硬く冷たくなっていた。

　僕のこの状態は、入院患者さんの末期の治療で何度も見てきた。何かを口にするたびに襲ってくる吐き気と、お腹の中の痙攣のようなギューッとする痛みに身を悶え、身体中が骨から冷たく、春だというのに電気毛布にサンドイッチの具のエビのように丸くくるまり、それでも寒さがおさまることはなかった。一人寂しく、寒さと不安で眠れない夜を過ごす。身体は眠りたい！と言う。

　しかし、不安が「眠るな」と言わんばかりに心を覆い尽くし、眠らせてくれない。頭の中ではカチャカチャとキーボードを叩き、何かを入力するような音が止まらない。そして、万が一眠ってしまったとき、目を覚まし朝を迎えられるのだろうか。もしかしたら今日が最後で、明日は別の世界にいるのかもしれない。そんな考えがふと湧いてくる。僕の心の中には、死ぬという恐怖よりも、生きることができないことに後悔と不安が集中していた。

　そんな綱渡りのような時間を過ごしていた僕のもとに彼が現れたのは、余命一カ月と告げられてから三日が過ぎた四月一日、暖かな春の朝のことだった。

　僕が一人暮らしをしている小さなアパートの白黒のボーダーのカーテンの隙間から朝日が差し込む、その眩しさで目を覚ました。いや、目を覚ましたという表現は間違いかもしれない。今日もまた自分が眠れたか分からないまま、朝を迎えていた。

鉛のように重い身体をゆっくりと起こす。ベッドから起き上がるだけで、信じられないほど体力が削られた。それでも、今日も無事に朝を迎えられた。その喜びは大きい。今日はどう生きよう。そんなことを寝不足の頭で考えながら、まずは顔でも洗ってスッキリしようと洗面所に向かおうとした僕の目に、信じられない映像が飛び込んできた。

リビングに置いたベージュ色のソファの上に横たわっている男。その男の見た目は、どこからどう見ても僕自身だった。きっと寝不足が続いたせいだ……。

とても現実とは思えない状況に、僕はまぶたを力いっぱい閉じて、どうかさっき見た幻が消えていますようにと心の中で祈った。きつく閉じたまぶたを人さし指の側面で擦ってから、恐る恐る目を開ける。徐々に広がる視界には、やはりソファに横たわる自分の姿があった。何度見ても、あれは間違いなく僕だ。目を閉じる前と全く変わらない体勢。数分たっても微動だにしない。その姿に、嫌でもある考えが浮かぶ。

死んでる……。どういうことだ。え！　まさか僕は死んでしまったのか？　ベッドに横になったはずが、寝苦しくてソファに移動して、そのまま死んでしまったというのか？　寒さに耐えられず布団の中でも震えてる僕が、何もかけずにソファで寝たというのか？　もしかしたら、トイレに起きたときにソファに倒れてしまい、そのまま息を引き取ったのかもしれない。

何も覚えていない。でも間違いなく僕は死んだのだ。僕は目に映るあり得ない、いや、冷静に考えたらじゅうぶんにあり得るこの光景に、全身が抜け殻になるような感覚を覚えながら、冷静に、冷静になれ！と言い聞かせていた。

あれ？　そこで、ふとあることが気になった。そういえば、どうして服を着替えているのだろうか。ソファに横たわった僕は、見覚えのない高級そうなスーツを着ている。なぜスーツなんて着ているのだろう。しかも僕は、間違えてもこんなド派手なスーツは買わない。そうか、誰かに発見されたとき、恥ずかしくないようにと考えたのかも。昼間も自分で何をしようとしているのか、何を考えているのか分からない時間が多いから、もしかしたら夢遊病のようにスーツを買ってきたのかもしれない。

さまざまな可能性が駆け巡り、全身が鳥肌たっていた。そうか、僕もとうとう死んだのか。余命一カ月と医者に告げられたのが三日前。やっぱり、あのデータで生きているほうがおかしいもんな。長く臨床検査技師の仕事をしていた僕は、医者にデータを見せられたときから、自分がもう長くは生きられないことを悟っていた。今から三途の川とか渡って、そしたら、死んだ父ちゃんが迎えにくるんだろうか。来なかったら少し寂しいなー。

あーしまった。母ちゃんに電話の一本でもして声を聞かせればよかった。最後の最後まで親孝行できなかったなぁー。僕は込み上げてくる想いを抑えきれず、涙で頬を濡らしていた。

その時、ソファに横たわった身体が動いたような気がした。え？　気のせいだろうか。目を凝らしてじっと見つめてみる。だけど動きそうな気配はなく、やっぱりさっきのは気のせいだったんだと納得しかけた、その時、ソファに横たわった僕の死体がむくりと身体を起こした。

「⁉」僕はその想像から遥かに外れた出来事に声も出せず、石像のように固まった。そして死体はこう言った。

「おっ！　起きたか、おはよう！　君、泣いてるのか？」

死体が、僕の死体が動いた。しゃべった。

「ぎゃー、お、お化け！」

僕はなんとか絞り出した声で必死に叫んだ。髪が逆立つくらいの恐怖に身体は震えることさえ忘れていた。

「うわっ！　あービックリした。なんだよ、君、急に大声出して。何がお化けだよ。驚くだろ。死ぬかと思ったぞ」

死体も僕の反応に驚いたのか。僕以上に大きな声をあげ、早口でしゃべった。

え？　死ぬかと思ったって……。

「僕の死体ですよね」

僕は恐る恐る目の前にいる男に聞いてみる。

すると男は一瞬ぽかんとしてから、すぐに呆れた顔をしてこう言った。

「ばかか。私が死体だとして、その死体としゃべってる君は何者だ」

確かにそうだ。僕は今まで数え切れないほど死体解剖の場にいたこともある。病院の霊安室で、亡くなった患者さんの遺族が引き取りにくるまで、遺体を一人で見守っていたりもした。

でも死体としゃべったことは一度もない。じゃあ、この僕に瓜二つのこの男は、死体ではなく生きてるというのか？

「あなたは誰、誰ですか？」

僕は男に詰め寄った。僕の目の前にいるこの男が死体ではなく生きているというなら、僕は僕自身の存在が分からなくなってしまう。僕はまだ生きているのだろうか。

僕に詰め寄られた男は少し距離を取ってから、真っすぐにこちらを見つめて言った。

「私は君だ！」

男の声だけが部屋に響いた。頭が働かない。この男は今、なんて言ったのだろうか。私は君？ああ、そうか。やっぱり僕は死んでいて、幽体離脱したに違いない。きっとそうだ。そうでなければ、こんなにそっくりなわけがない。よくよく聞いてみれば声まで同じじゃないか。そういえば、今日は四月一日だったな。まさかエイプリルフール？　でもそこにいる僕そっくりの男に仮装しているのは誰だ？　心当たりがない。そうなると、やはり僕は自分の死体を見ているに違いない。そして僕は幽体離脱したんだ。

自分なりの結論を出した僕は、自信たっぷりに男に言った。

「幽体離脱ですよね？」

「違う」

僕の言葉を即座に否定した男は、そのままこう続けた。

「私は、君が理想としているパラレルワールドから来た君だ！」

この怪しい僕似の男は、何を言ってるんだ。いよいよもって僕はお手上げ状態だ。自分に何が起こっているのか理解できず、頭が真っ白だった。

「取りあえず、僕は生きてる？」

そう言いながら、ほっぺを強くつねった。まさかこんなギャグでしか見ないようなまねを、生きているうちに僕がすることになるなんて思いもしなかった。

「い、痛い……」

興奮の中で、想定する力よりも強くつねったのか、ほっぺはズキズキと脈打っている。

「生きてるよ。残念か？　三途の川、見てみたかったか」

そう言った男はこちらの反応をうかがいながら、ニヤニヤと笑っている。三途の川のほうが今この瞬間よりもリアルに感じる！と思うほどの、この訳の分からない状況はなんだ？

「それでどうして、僕のところに？」

「いやぁ、見てられなくてさ。君に理想とするパラレルワールドにワープする方法を教えてやろうかと思ってな」

パラレルワールドから来たという、僕と全く同じ顔をした怪しげな男。今朝、突然僕の部屋に現れた男は高らかにこう告げた。

「君さー、まず、そのがん、治そうかっ」

パラレルはつながっている

「がん、治そうかっ！」って、こんなに苦しい状況なのに怪しさ満載の彼は（僕が理想としているパラレルワールドから来たという僕？）なんとも簡単に言い放った。高級そうなスーツを身にまとっているのに、僕が以前飼っていた犬が汚しまくったシミだらけのソファに平気で横になっていた。そのいい加減というか大胆というか、つかみどころのない彼を信じろというのか？　信じていいのか？　僕の頭は、グルングルンと当てもなく回り続ける回転寿司の皿状態だった。

「信じていいと思うよー」

え？　こいつ、心を読んだのか？　そんなわけないよな。あり得ない。

「あり得るよ。君が考えてることも、君も分からない君の本音も分かっちゃうんだよねー　だって、私たちは元々一つだしねぇ」

なんだと？　そんなことあり得ない。

「あり得るって言ってるだろ」

またしても、心の中を読まれたようだ。

「確かに予告もなく、鍵がかかってる君の部屋に誰かが侵入していたら、そりゃぁー怪しい奴に思うさ。でも分かってくれよ。この方法しか君と話をする手段がなかったんだ。テレパシーでずっとアクセスしてたけど、君は不幸ばっかり見てて、幸せの方にチャンネルを合わせてくれないから、交信ができなくてさ」

僕がここ数カ月、格好悪いけど、ほぼ毎日泣いて暮らしていたのは確かだった。

男は話を続けた。

「ねぇ、自分でも分かるでしょう。泣いていたよねぇ。そんな状態では、私が発信するテレパシーは受け取れないんだよ。だから、仕方なくこうやって直接会いにくることにしたのよ。理解できた？」

理解できたかと聞かれても、こんな現象はあり得ないだろうと腑に落ちないものはあるが、でも、実際目の前にその彼が存在しているわけで。

「うー……」

そんな現実を受け入れようとする自分と、やっぱり僕は死んであの世でこんなことを体験してるのかもしれないと心のどこかで考えていた。

「だからさー、君、ほんと疑い深いよね。もっとさ！　人を信じなよ。生きてるって言っただろう。さっき、ほっぺたつねって確認したじゃないか」

また心を読まれた。

「私の住んでいるパラレルワールドにも、心は飛んできててね。本当に何も見えなくなったんだなぁ。あんなに自信家だった君なのになぁ。かわいそうに！と思って、なんとかしてあげたくて来たんだから喜んでよ。無料奉仕だよ。ボランティアね。有り難いだろ！　今、君を本気で助けてあげようとか考えてくれる人、この地球上に誰かいる？」

僕はその言葉に絶句した。もしかしたら誰もいないかもしれない。親、兄弟の誰にもこの現状は伝えていない。もし伝えても信じてもらえないかもしれない。

九州で生まれ育ち、大人たちの会話を聞く中で、僕は、小さなこともオーバーに表現する癖があるようだった。自分ではあまり気づいてなかったけど、ただそれは嘘をついて人を騙すような話ではなく、その場を楽しませる会話術のようなものだ。でも九州から東京に行き、東北に来て、その会話の癖はオオカミ少年のような扱いをされた。明るく楽しく、面白い会話のほうが絶対にいい！　それで場が和み、笑顔が出ればいいじゃないか？と思っていた。それに誰が傷つくわけでもない。人の悪口は一切してないのだから。

しかし、こんな状況になった時、その会話の癖がオオカミ少年のように扱われそうで、親兄弟も僕の話を十分の一も信じてくれないかもしれない。良かれと思ってやってきたことの全てが裏目に出てる。身体を支えるエネルギーのもとみたいなものが、溶けて消えていく感覚を感じる。天涯孤独ってこんな感じなのかな。そう思うとますます悲しくなってきた。

「君、君。天涯孤独じゃないよ。私が来た！　それになー、パラレルワールドには無数の君が生きている。その全てが一つの魂でつながってるんだよ」

「嘘でしょ！」

僕が思っていた世界とのかなりの食い違いに、思わず大きな声で、

「一人に一つの魂じゃないんですか？」と反論していた。

しかし彼は静かに、

「そう。君という一人の人間が、違うパラレルワールドで違う環境を生きている。全て君だし、全て私だ。そこの仕組みは、説明しても今の君には理解できないだろうし、私がここに来た目的は、君を科学者にするためじゃない。君が理想の人生を送るためにどうしたらいいか？を教えて、それを自ら実践できるようにするためだ。

いいかい？　天涯孤独だなんて考えないでくれ。無数にあるパラレルワールドで無数の君が生きている。一人なんかじゃない。知らない世界で、無数の君が、その環境に絶対に負けないぞ！と思い、そして何かを得ようと生きている。その何かとは、存在するパラレルワールドの波動によって異なる。パラレルは全部つながっている。現実的にはバラバラでも。私と君がこうして会えていることが何よりの証拠だ。

同じ魂が無数のパラレルの自分とつながってる。波動が高く強い世界のパラレルに生きる自分たちは、弱く低い世界で苦しんでる自分をいつも応援している」

「どんな形で？」

「夢、希望、理想、喜び、愛、感謝。こんな高波動のエネルギーを送っていつも応援している。

君たちに夢や理想がふと湧いてくるのは、このエネルギーをキャッチしたときだ。もっと付け加えるなら、君たちが高次元の神さまや宇宙の意思をキャッチできないのは、波動が違うことが原因だ」

彼は、聞いたこともないパラレルワールドの話や魂の話をこんこんと話した。僕は初めて聞く内容だが、なぜか昔から知っていたようにも思えて彼の話に聞き入った。

「テレビは電波をキャッチして映像を映すわけだけど、それ知ってる？」

「はい」

「で、その電波って一定の周波数を持った波だよね。その波に映像や音という情報が入っている。チャンネルごとにその周波数は異なっている。君が見たいチャンネルを選択すると、そのチャンネルの周波数がテレビにキャッチされて、それを映像化できる。分かるね？」

「はい、分かります」

「あ、そうか君、自衛隊で通信部隊に所属してたもんね」

「はい」

「それでね、この世の全てのものがそんな周波数でできてるんだよ。私は私の周波数を発信して、君に届けーとやってたんだけど、君は私の発信している周波数にチャンネルを合わせてくれなかった。正確に言うと合わせられなかった」

「鈍いってことですか？」

「鈍くはないよ。でも今は全く違う地獄の方に意識が向いてて、君の全チャンネルはどこをつけても地獄の放送局しか映らないんじゃないかな。だから、私の天国の周波数には気付かなかった。今の君の受信チャンネルはそんな具合だから、私のテレパシーは受信してもらえなくて、こりゃーいくらやっても無理だなと思って直接来ることにしたんだよ」

「そうだったんですか」

とは言ったものの、あまりに現実離れした話に、どこをどう信じたらいいのか分からない。

「あのーそれで、さっき、まずがんを治そうかっ！って言いましたよね」

「うん、言ったよ」

「治せるんですか？」

恐る恐る、今の僕の一番のネックとなっているがんの話題を振った。

「あなたがいるパラレルワールドの世界では、がんの特効薬とか、何か良い治療法とか発明されてるのですか？」

「そんなもの無いよ。というか、がんそのものがほとんど存在してないよ」

「え！　がんになる人がいないんですか？」

「うん、ほぼいないよ」

「やっぱり、何かがんにならない健康食品とかが開発されたんですね。特効薬になる成分が発見されたとか」

「うーん、それもない」

「え、では、なぜ、がんになる人がいないんですか？」

「がんにならないから。がん患者がいない。だから特効薬もがんに効く健康食品もいらない。それだけ」

「それだけって」

「考えてみなぁ、存在もしないウイルスのために薬を作るか？　そんな狂った世界は君がいるこの世界くらいだろ。あははは」

「なんですか、それ」

「あー、このまま君がこの世界にいたら分かることだよ。だから、存在しないがんのために薬なんて作らないってことだよ」

「こっちの世界では三人に一人ががんで亡くなるのに、どこがどう違うとがん患者がいなくなるんですか？」

「じゃー、夕方、また来るから。ビールでも飲みながら、ゆっくりがんについて語り明かそうか」

がんの話なのに、この人はどうしてそんなに楽しそうな表情をするんだ？　僕ががんで苦しんでることがそんなに面白いのか？　目の前で笑みを浮かべている男に、少しのいらつきを覚える。

「ばーか、楽しいわけないだろ」

僕の心を読んだ男は、続けてこう宣言した。

「でも、君は僕の話を聞いたら楽しくなる。保証するよ。今夜はそんな話をしながら、飲み明かそうぜ」

いや、さっきは語り明かそうと言ったはずだが。

「あははは。ちっちぇーなー、君！」

男はまた僕の心を読んだようで、楽しそうに笑い出した。

この人の前では何も隠せない。丸裸状態だ。そのせいもあってか、この人には全部、素のままの自分をぶつけてみよう！と思える。なんとも不思議な人だった。彼はリビングのすりガラスがはめ込まれた引き戸を引いて、僕の方を振り返った。

「君、私が出てくるまで、絶対に部屋をのぞかないでね」

そう言い残して台所に入っていった。もしかして、今のって鶴の恩返しの一節？　ギャグだったのか？　なんて考えていると台所から、

「鈍いんだよなぁ。笑うところなのに。あいつのために今度からもっとレベル下げるかぁ」

と独り言みたいな声が聞こえてきた。その声は次第に小さくなって、やがて台所は静かになった。きっともう彼はこの家にはいない。この世界から自分の世界に移動したんだろうと、見てもいないのに、そんな不思議な世界を彼と出会ってわずかの間に受け入れている自分がいた。

彼が帰ってきた

遠くから誰かに呼ばれているような気がした。それは呼ばれている気がするという感覚だけで、声が聞こえるわけでもなく、きっと気のせいだろうと思っていた。

「よっ！　ただいま」

と言いながら、彼はソファに座っていた。さっきとは違う身なりだけど、相変わらず高級そうなラメ入りのキラキラと紫や緑に光るスーツ姿だった。

思わず、

「派手ですね」

と言ってしまった。彼は高笑いしながら、

「あははは。黄金虫みたいだろ。てんとう虫のようなスーツと迷ったんだけどね。やっぱり、君のがんが完治するパーティーだから、目いっぱい派手にしてみたよ」

とまた、高笑いをした。僕は彼のその目に優しさそのものを感じていた。その目と笑顔を見ていると、この人は本気で僕のことを考えてくれているんだ！とそう思えた。

「そう、本気よ」

彼が僕を真っすぐに見つめて言った。こうやって僕の心を当たり前のようにキャッチしてくれる彼の存在は、今まで他人と深く関わってこなかった僕にとって、とても新鮮で特別で、胸の中が熱くなった。

「君も苦労したもんねぇー」

と、僕の心を読んだ彼がねぎらいの言葉をかけてくれる。胸の中の熱いものは喉を通り、目からボロボロと溢れだす。そして彼は続けた。

「でもさ、自業自得だよ！」

その一言で、溢れ出た熱い涙は一気に乾き、胸の中の熱いものは瞬間冷凍されたように冷たく凍りついた。

「ほらほら、君ー、その反応は自分が苦労してるのは環境のせい、誰かのせい、そんなふうに思っていたでしょう」

はっ！とさせられた。

「だよねぇー、はっとするでしょう。本気でそうは思ってないとは思うけど、でも、心のどこかでそんなやましい思いが出てくるよね。分かるよ。分かる」

うんうんと頷く彼に、

「あなたもそんな時があるんですか」

と聞いてみると、

「あるわけないじゃない。私はそんなダサい生き方したことないよぉ〜」

と笑った。

ダサいか。そうだよな、ダサいよな。自分が情けなくなってしまって、僕は彼から目を逸らし俯いた。

「そう。この世で起こる全て、自分が創り出したこと。それ以外、君は絶対に経験しない。いや、できないのよ。分かる？　そのダサい頭でも分かるよね。ダサいわー。ほんとダサい。ダサい。ダサい。あーダサい」

彼があまりにダサいと連呼するものだから、少しムッとして彼をにらんだ。

「あのー、僕がダサいのはよく分かりましたから、何回も言うのはやめてください。惨めさがさらに倍増してきます」

「よし、ダサいことが分かったならそれでいい。君の人生は君が全て創った。君が教わって育て上げた心癖で、知らず知らずに悲劇のヒロインを演じよう！と必死に生きてきたんだよ。主演男優賞は君のものだ！　トロフィーを」

彼はそう言いながら、僕にトロフィーを渡すまねをしてみせた。

「君がそんなことを演じようと思わなかったら、がんなんかにならなかったよ。結局さ、魂、脳みそ、肉体の調和が悪いんだよ」

「調和ですか？」

「そう、バランスね。さっきも言ったが、私のいる世界にはがん患者はほとんどいない。そればかりじゃないよ。この世界に存在している病気のほとんどが、私のいる世界には存在しないんだ」

彼は声のボリュームを上げて、両手をオーバーに動かしながら話した。派手なスーツも相まって、まるでエンターテイナーのようだなと思いながら、僕は自分でもつまらないと思うような意見を口にした。

「それでは病院の経営は大変ですね」

彼は何を言っているんだという顔をして、

「病院は外科系しかないよ」

と僕に言った。

「え、心療内科とかは？」

「そんなものあるわけないだろ。人間、生きがいを持って笑顔で自分らしく生きてたら、どんな悩みがあるというんだ。バランスが乱れ、自分らしさを失うから苦しくなるんだろ？　悩みが生まれるわけだろ？　調和の取れた人間は病気なんてしないよ」

「ということは、僕ががんになったのはバランスが乱れたことが原因ということですか？」

「オフコース。さよなら、さよなら、さよなら。もうすぐ外は白い冬♪　知ってる？」

「はい」

「そこはオフコース！って言うところだろ。あ〜ギャグセンス皆無だ。神よ。この哀れな子羊を救いたまえ」

そう言って彼は両手を胸の前で合わせ、空、ではなくここは家の中なので天井を見上げた。

「あのー、ノリノリのところ、すみませんが」

彼のそんなノリにも徐々に慣れつつある僕は、一連の彼の行動を無視して話しかけた。

「その袋たち、なんですか？」

彼はこの部屋に戻ってきた時から、黄金虫スーツに不釣り合いなビニール袋を持っていた。その中身がずっと気になっていたのだが、なかなかタイミングがなく聞けずにいたのだ。

「あー、これ」

彼は足元に置いたビニール袋を持ち上げると、中身が見えるように持ち、手を広げてみせた。パーティーのおつまみ。そしてビール。ビニール袋の中には、刺身や酒がぎっしりと詰め込まれていた。

「ビールって、それ樽ですよね。サーバーがないと飲めませんよ」

「あー、サーバーはもう台所にセットしてるよ」

そんなはずはないと思い台所をのぞいてみると、確かに見覚えのないサーバーが置かれていた。

いつの間に、なんとも素早い。

「おつまみは、やっぱり刺身だ！　春告げ魚を揃えてみた」

彼はテーブルの上にビニール袋を置くと、次から次へと中身を取り出した。

「まずは高知の初鰹、藁で炙った本格鰹のタタキねぇ。玉ねぎを薄くスライスして下に敷いたら、その上に鰹を並べる。そうしたらミョウガ、大葉、小ネギ、レモン、ニンニクをドバッとかけるんだ。タレは私の自家製だ。うまいぞー。

これは駿河湾の生シラス、吉田産だよ、超新鮮だから、醤油もショウガもいらないんだ。そのまま、ガバッと食べるのが旨い。こっちは鰆。五島の定置網で今朝取れた大物だ。そのままの姿では持ってくるのが大変だったから、刺身にしといたよ。最後に、これはとっておきのやつだ。君のためにわざわざ準備したんだから。ジャジャーン。鯛！　やっぱりめでたい時はこれだよな。なんて言ったって、めで鯛！だもんな。これは後でさばくから」

そう言って袋の中身を全て出し終えると、彼は冷蔵庫を開けた。

「ジョッキを冷やしといたから、ビールを頼むぞ」

これまたいつの間にジョッキを冷やしたのか、その素早さに、もはや呆れを通り越して感心してしまう。彼の動きはのんびりしているように見えて無駄がなく、まるで一流割烹でおもてなしを受けているようにとても心地いい。鯛を素早く、なおかつ丁寧にさばき、姿造りに変身させた。刺身を作りながら、時折、片手がビールのジョッキに伸びる。喉を潤わせながら、楽しそうに調理をする彼をみていると、僕まで幸せな気分になってきた。

「よーっし、準備できたぞ。さ、乾杯して飲み明かすかー」

やっぱり飲み明かす！になってると思いながら、ま、それもこの人となら楽しめる！と僕はジョッキを高く持ち上げた。

「かんぱーい」

カツンとジョッキを当てて、一気に喉を潤した。ぷはぁと一息ついたところで、彼に料理を勧められる。

「さ、駿河湾の生シラス食べてみて。旨いからね。駿河湾って陸地にあんなに近いのにとんでもない深海なんだよ。知ってる？」

「はい。それは知ってます。深海魚が取れたり、タカアシガニがいますよね」

「そう。すごいよね。この話、知り合いから聞いたんだけどね」

話が長くなるのか。彼はジョッキを置いて語り出した。

「むかーし、昔、地球が生まれ、噴火も収まり、地球全体が冷えた頃、宇宙からカマキリ星人が来て、駿河の海から金を掘ったそうだよ。そのカマキリ星人はとても大きくてね。カマキリのカマあるだろう。あれで掘って、掘った土を積み上げたのが、なんと富士山なんだって。すごいよね」

「え？　え？　え？」

僕の反応に満足したのか、彼は楽しそうに笑いながら、またジョッキを手に取った。

「すごいだろ。富士山って駿河湾の土を積み上げてできてたんだなって。びっくりしたよ」

そう言って彼はビールを飲み干した。そんな話を彼は本当に信じているのだろうか？　まるでおとぎ話のような話にそう思わなくもないが。でもまぁ、今はこの時間が楽しいからどうでもいいか。

「で、カマキリ星人のおかげで食べれる生シラス、旨いだろ」

自信たっぷりな彼の言葉に、僕はぶんぶんと口いっぱいに生シラスを詰め込んだ顔で頷いた。僕は彼の話を聞いている時から、生シラスを口に運ぶ箸が止まらなくなっていた。彼は僕の反応を見て満足そうに笑うと、

「カマキリ星人に感謝だな」と言って、彼も美味しそうに生シラスを頬張った。

「はい。感謝します」

口の中の生シラスを味わいながら、心の中でそう呟いた。これもきっと彼には聞こえているんだろうなと思いながら。

がんの治し方

二人の話は、美味しい刺身とビールで盛り上がった。

「どれ！　そろそろパパッとがんの話をしようか」

彼はそう切り出した。

「自業自得とさっき言ったよね」

と赤い顔で、でも目は真剣なまなざしで僕を見ながら話を始めた。

「がんは調和が取れていたらならない。調和って何か？って具体的に聞きたいよね。鰹のタタキ食べてよ。時間たつと旨くなくなるからね。間にニンニクのスライス入れてるの。なかなか美味しいよね」

「はい。最高ですね」

「だろ」

早く話の続きが聞きたくて、素直に返事をしてから彼の話を待った。

「どうしてがんになったか？　調和が悪い。その説明だけどね。この世界の人間ってさ、嫌なのに頑張るじゃん。例えば、仕事で残業当たり前みたいなブラック企業あるでしょう。

君だって病院の仕事でそうだったよね。家族があるのに残業当たり前。日曜日、祭日出勤だって当たり前。盆も正月もない。急患だと言っては家族だんらんの食事中に呼び出され、帰宅した時には子どもたちは寂しく寝ていて、食べ残したご飯を食べて風呂に入って布団に横になる。やっとウトウト気持ち良くなったところで、また病院からの電話で起こされる。その繰り返し。そんな時さー。君、もうこんな生活は嫌だ！って思ってただろ」

「はい。いつも思っていました」

「だよね。そこでさー、どうして辞めなかったの？」

「え？」

「どうして辞めなかったの？って聞いてるのよ」

「だってそれが僕の仕事だから。それに、そうやって家族を守っていたわけで」

「そう。じゃあなんで離婚になったの？　守ってたんじゃなかったの？」

「……」

「ほらね。返事もできないでしょう」

僕は言葉に詰まって黙り込んだ。

「だってさ。本当はこんな仕事はもう嫌だーって思ってたのに、辞めなかった。そしてその辞めない理由が家族を守るために必死に働かないとダメだ！と言う。でも守れず、離れ離れになった。変じゃないの？」

彼が言うことは間違っていない。それが余計悔しくて僕は必死に反論した。

「たしかに変ですけど。でも、普通みんなそうでしょう」

僕はムッとして言った。

「ほらでた、普通。この世界の人って、よく使うよね。みんなそうでしょう。普通そうでしょうってさ。その普通って何？　普通って平均的ってこと？　もしそうだったら、試験で五十点くらいしか取れなかった時、嬉しいのか？　みんな当然のようにやってるから、それが社会の常識って言いたいんだろ。その常識を使って何も自分の頭で考えないで生きてて、みんな幸せそうか？　そうやってさ、みんなそうだからってここでも言い訳するんだろうね。あーあ情けない。やっぱりダサいわ」

彼の言うことに、もう何も反論できなかった。僕だって分かっていた。辞めればいいんだって。でも、辞めたらその後どうなるのか？　不安だし、運良く仕事につけたとしても、やはり、職場の人の期待に応えないといけない。だから必死に働かないといけなくて、結局どこに就職しても同じなんだよなと思っていて、幸せには犠牲が必要だと信じていた。

「君ねー、職場の人の期待に応えるためになんて言うけどさ、それはさ、期待じゃなくて、他人の目が気になってただけじゃないの？　変な目で見られたくない。あいつはダメなやつだ。能力ないな。やる気あるのか。こんな他人の評価が怖かっただけなんじゃないの？　それを勝手に職場の人の期待に応えないと！なんて、ちょっと立派な言葉にすり替えちゃってさ。君、結局のところ怖かっただけじゃん。

そう、君が言う通り。普通みんなそうだよ。だからみんな病気したり、苦しむんだよ。本音とやっていることが違いすぎてるから調和が乱れてね。本音を無視して、嫌でも仕方ないから仕事はこうあるべき。家族を守るために我慢は仕方ない。こうしなきゃダメなんだよ、どうしようもないんだよって。こんなくだらない考え方を大事に守って、本来守るべき自分を見捨てた。いいかい？　自分が自分を見捨て、自分の本心を裏切って、そんな君をいったい誰が信じるというんだ。君が守らなきゃ！と言っていた家族さえ、離れていったんだよ。それ以外に君を信じてくれる人って、どこにいるわけ？」

「いない……。いません」

彼の一言一言が、出刃包丁で身体中をズサズサと刺されるような痛みを与えてくる。僕の頭はフリーズしていた。とろけるような生シラスの味も、もう記憶から消えて、口の中は砂漠のようにカラカラと乾いていた。

「おい」

と彼が声をかけてきた。その手には、溢れるくらいにビールを注いだジョッキを持っている。

「喉がカラカラだろ。私もカラカラだ。飲もう」

そう言って、彼はゴクリとビールを飲んだ。美味しそうに目を細めてから口元の泡を手で拭い、また話を続ける。

「厳しいことを言ってるけどね。ここ大事なんだよ。身体はね、本音の道からズレて、自分をごまかして進んでいると、その道は違うよ！って教えてくれるんだ。努力だとか、勤勉だとか、必死だとか。そんなことが君がいるパラレルワールドでは、ものすごく大事にされているようだけど。君流で言うと、普通みんなそうでしょうって言うんだろうけど。本音で好きだと思うものに頑張るのはいい。それは努力とは言わないし、必死にやったとは言わない。夢中でしたって言うだろ。

嫌々仕事してるとね、身体だって嫌になるんだよ。心の辛さは身体に伝わる。君の心が壊れる前に、身体はいろんな症状を出して教えてたはずだ。でも、君はそれをただの疲れ！と判断した。身体はさらにわかりやすく、警報を鳴らさなきゃいけなくなって、次第に症状を強くしていった。そして、最終段階まで君は気がつかなかった。それが、その肝臓と大腸に生まれたがんだよ」

「そう、だったんですね」

彼の話は僕の心の奥底にすとんと落ちた。先ほどまでの、どうにか彼に反論したいという気持ちは消えていて、そこにはなぜか穏やかな気持ちだけが存在していた。

「僕はこのがんを悪者にしていました。このがんのせいで生活がめちゃくちゃになった。もしかしたら、このがんから来るイライラや倦怠感が、僕が出さないでいいような悪い部分まで出させて、それで離婚や人間関係のストレスをつくったんじゃないか？って、そこまでがんを悪く思ってました」

「そう。それじゃ、がんもかわいそうだよな。元々は君の細胞だ。君のストレスだらけの身体の中で、君の人生を助けるために変化して生まれてきたのに、悪魔のようにいわれ、本当にかわいそうだよ」

「そうですよね。本当に申し訳ないです」

僕は少し体を小さくした。

「ここまでは、君のハートで理解できたかな」

「はい。痛いほど分かりました」

「そう。じゃあ次に行くよ。その前に、そのがんさんに『お仕事ありがとうございました。僕はもう大丈夫です！』と言って返してあげようか」

「はい。そうしたいです。そうするためにはどうしたらいいんですか？」

僕は前のめりになって彼に聞いた。

「どうしたらいいのかなぁ～。あ、ビールがないなぁ～」

彼は空になったジョッキを僕の顔の前に突き出した。

「あ、はい。ビール、今持ってきますね」

ジョッキを受け取り立ち上がると、サーバーの前へと移動する。もったいぶらないで早く教えてくれたらいいのに、なんか子どもっぽいところあるよな。そう思いながらビールサーバーからビールを注いでいると、気持ちが急いでいたせいか、ジョッキの半分が泡になってしまった。僕はビールの泡は好きではない。でも飲むのは僕じゃないし、普通、みんなビールに泡は当たり前。ま、これで良しとしよう。僕は泡だらけのビールジョッキを持って、彼の元へ戻った。

「はい。ビールどうぞ」

泡がこぼれないように、ゆっくりと彼の前にジョッキを置くと、それを見て彼は顔をひそめた。

「うえ～なんだよ。泡だらけじゃないか。泡、嫌いなんだよなぁ～」

あ、彼もやっぱり泡は嫌いなんだ。共通項を見つけ、一人で仲間意識を感じる。すると彼は

ライターを取り出して、その火でビールの泡を消した。すごい荒技と感心していたら、

「君、次からビール泡なしね」

とにらまれてしまう。

「はい、了解しました」

早く話の続きが聞きたい僕は素直に返事をして、彼の言葉を待った。

「ではお待たせしました。がんをお返しする方法を課題として教えまーす」

「課題ですか」

「そうだよ。実践しなきゃ。君は、嫌だ！ということをせっせせっせと実践したおかげで、そのがんを創ることに成功したんだろ？」

「成功ですか」

「思い通りになったんだから、成功だろ」

「はー」

時々悪意を感じるような気がしなくもないが、彼にとってこれは悪意などではなく、ただの事実に過ぎないんだろうなと思う。

「じゃ、課題ねぇ」

いよいよ僕が一番気になっていた話が聞けるようだ。

「がんは、君の本音が辛い、苦しいと叫んでいたから、その苦しさが創り上げたものだ。でも

それは君を苦しませるためではなく、君の生活を楽なほうに向けるために現れたものだ。そこを誤解しないように。がんができたおかげで君の苦しかった日々は終わる！

だから、君はこれから毎日、がんさま、おかげさまで楽になれました！ということを生活の中から一つ一つ探し出せ。なかったら、楽をつくり出せ。がんになる前よりがんになったことで幸せになった、楽になった、あんな嫌なことから解放された！ということを探しまくって、ノートに書くの。がんになる前、がんになった後。前後で良くなったことを意識するのよ」

「はーい」

「すると不思議、不思議、摩訶不思議。あんなに重く苦しかった身体がこんなに軽くなっちゃいました、とまあこんなふうになる。そして、生活で変化したことを本気で喜べ、感謝しろ。

運良くがんになったおかげだからね」

「運良くですか？」

「そうだよ。交通事故だったらどうした。脳梗塞やクモ膜下出血、脳内出血だったらどうした。心筋梗塞だったらどうした。そのまま、植物状態になったかもしれないぞ。いや、死んでるかもしれない。がんで良かった。幸運だ。君はラッキーだ。がんに選ばれた苦労人の中の苦労人。ミスター苦労マンと呼ぼう」

「やめてくださいよ」

確かに脳外科の病院で仕事をしていて、嫌というほど脳血管疾患の患者さんを見てきた。患者さんには申し訳ないけど、この病気は辛いなー、この病気にはなりたくないなーと思いながら仕事をしていた。軽かったらなんとか社会復帰できるけど、重篤な場合、半身不随、言語障害とかになって、生活するのは本当に辛いと思う。彼が言う通り、がんで良かったのかもしれない。生命の消滅に少し余裕があるから。そう納得しながら、がんと脳血管疾患、心筋梗塞、交通事故、強烈な慢性疾患にはきっと、我慢の仕方や考え方に何か違いがあるのだろうなーとふと思った。

「ん？　違い、当然あるよ」

僕の心を読み取って、彼は反応した。

「でも今の君には関係ないから、そこはスルーしよう。後々、自分で勉強してみてよ。きっと多くの人の役に立つと思うから」

「そうですね。心を軽くして、早く健康を取り戻してから勉強してみます」

「うん。君はがんのおかげで人生がいい方向に向くと思うよ。数年後、がんに悩んだ頃を笑い話にできたらいいね。そして、その体験ががんに悩む人に役に立つといいねぇ」

「はい。そう想像しながら、がんをお返しします」

「いいねぇ」

彼は僕の顔を見て、あの優しい目をして笑っていた。

「じゃぁーもう遅いから、私は帰るよ」

「え、まだ九時前ですよ」

「私にはじゅうぶん夜更かしだ。帰って寝るよ」

そう言うと彼は立ち上がり、台所の扉を引いた。

「良い夢を見なよ。おやすみ」

彼は後手に手を振りながら、台所に消えていった。

第2章

僕ががんになったわけ

がんになる前とがんになった後、がんのおかげで楽になったこと。

課題ノート

僕は今日朝一番でノートを買ってきた。早速、そのノートを台所のテーブルに広げて、書く気満々でペンを持った。僕は子どもの頃から、やる事が決まったら、自分でも信じられないほどの集中力を発揮する。

あれは僕が中一の時だった。大好きな姉さんが五島で嫁ぎ、最初に住んでいた家から家業の工場に移転することが決まった。嫁ぎ先の家で中古の家を買い、それを解体して工場に運び、再度組み立て直して家を建てるという計画だった。ある時、僕が様子を見に行くと、そこには釘だらけの板が山積みになっていた。その釘を抜かないと、家を組み立てるのに大工さんが手間取って、家の出来上がりがかなり遅くなってしまう。

そんな話を聞いた僕は、学校が終わり次第、工場に行って、くる日もくる日も釘を抜き続けた。中学生の柔らかい手にはかなりハードな作業で、マメができ、マメが潰れて、そこから気持ち悪いほどの汁が流れ、釘抜きの柄をベタベタにした。それでも暗くなるまで釘抜きを続けた。十日ほどかけて、全ての板から釘を抜き終わった時、両手のひらは黒く腫れ上がり、鉛筆さえ握れなかった。でも、大好きな姉さんに感謝され、褒められたその時の達成感、誰かに感謝される気持ちの良さは今も忘れない。

でも、もしかしたら、誰かに喜ばれるために、誰かに認められるために頑張っていたのかもしれない。彼が言う通り、本音に嘘をついて頑張ってきたのかもしれない。そんなことを思いながら、自分を裏切らない、自分を大切に優しく！と心にいい聞かせながら、ノートを書き始めた。がんになる前の自分かー、とにかく必死だったなー。僕はペンを動かして、まだ真っ白なノートにこう書いた。


常に誰かの機嫌を見て動いていた。

病院に勤めていた頃、泊まりの当直を代わってくれと頼まれたことが何度となくあった。その日はクリスマスイブ。子どもたちと過ごす貴重な時間だった。

「技師長しか頼める人がいなくて、クリスマスイブなのにすみません。お願いできませんか？」

そう申し訳なさそうに言ってきた彼を、むげに扱うこともできず、

「そうか、仕方ないなぁー」

と引き受けた。次の日、仕事が終わって家に帰ると、妻に責められた。僕は、

「仕事なんだから、仕方ないだろ！」

と、断れなかった自分を正当化した。布団を被り、自分に対してのイライラ、攻めてきた妻に対してのいら立ち、そしてクリスマスを楽しみにしていた子どもたちに対して、申し訳ないと

いう気持ちでいっぱいになり、一晩中眠れなかった。

そんなふうにいい格好して、自分だけじゃない、家族まで傷つけていたことを再認識した。家族は私を残して去っていった。その苦しさはあるけど、今では、生きていたらもう一度子どもたちと会える、いや、絶対に会うんだという気持ちの方が強い。そうか、がんになったから、今までなるべく見ないようにしていたこんなことも考えられるんだな。生きていたら、子どもたちと再会できるかもしれない。いや、絶対に再会する。やっぱり自分たちのお父さんは最高だ！と言ってもらえる生き方をしなくては。

今までがんを厄介者と決めつけ、見ないようにしていた。見るときは必ずといっていいほど悪者にしていた。一生懸命に生きてきたのに、なんで僕の身体にがんができるんだ。がんの野郎！　この怒りや悲しみをどこにぶつけたらいいのか？　分からない中で、がんを恨みながら過ごしていた。それは僕自身を恨んでいたのだとノートを書きながら悟った。

立派な人間として見られるために必死で、息を抜くことができなかった。常に緊張していたように思う。知ったかぶりをして、話のつじつまを合わせ、僕を信じさせることに全神経を使っていた。

神経衰弱。苦しい。この世が消えてしまえばいい。そんな毎日だった。心の中で許してぇーという悲鳴が聞こえていた。もう一般人になりたい。戻りたい。僕は特別じゃない。喘いでいた。いつも僕の心はゼイゼイと息苦しそうだった。

そういえば、彼は今日は来ないのかな？　ふと気になってノートを書く手を止める。向こうの世界でも生活があるんだろうしな。こっちにばかり来てられないよな。でも、有り難いな。いっぱい心配して力を貸してくれる彼のためにも、早くノートを書いて、心を楽にしていかないとな！と意気込んで、ノートを見つめた。

あれ、待て待て。彼のためにじゃないな。自分のためだった。また、誰かのために！と考えてた。ドンマイ。よし、気分転換だ。次はがんになった後、楽になったことを考えていくか、そして僕はまたペンを動かした。

- 仕事から解放された
- マイペース
- 考えるとき、自分の本音だけで考えが成立する
- 食べたいとき食べて、寝たいとき寝れる
- 時間がゆっくり進むような気がする

・心の中がなんとなく静か
・今を大切にできてる

こんな感じだな。自分が書き出した文を読み返す。余命残り一カ月と言われてからまだ四日しかたってないから、変わったことなんてない！と思っていたけど、ちゃんと向き合ってみると楽になったことがスラスラと出てくる。文章には上手くできないけど、なんとなく楽。気分が良いなと思うことが増えた。

勤めていた病院も余命宣告された日に本屋さんに行って、退職願の書き方の本と便箋も買って次の日に退職願を提出した。

このたび一身上の都合により、三月三十一日をもって退職をさせて頂きたくここにお願い申し上げます

ありきたりな文章だった。もちろんこれだけで受け取ってもらえるわけはなく、健康の不安について、離婚後の苦しさについてなど、院長と一時間以上も話した。最後は「受け取ってもらえなくても、もう出勤できません」と言って出てきた。

そして退職後一日目に、彼が僕の目の前に現れた。

僕はがんを抱えて、数日前まで悲しみと不安に支配されていた。でも今は、

・なぜか笑える
・なぜか希望がある
・なぜか朝が来るのが楽しい
・なぜか夜眠るのがワクワクする

きっと彼との出会いがなければ余命一カ月、その最後の日を待たずに、僕は自分の手で最後を創り上げていただろうと思う。いや、無理かな。そんな勇気なんてないなぁ。そんなことを考えていたら、トイレのドアが陽炎のように揺らいだ。彼が来るのだと直感的に分かった。

「おーっす。お、書いてるね。素晴らしいじゃないの、その顔。良い顔してるよ」

彼は私をまじまじと見ながら、そう言った。僕の顔なんて昨日と大差ないはずなのに、きっと励ましてくれたのだろう。彼が現れると部屋の空気がパッと変わって、山奥の湖畔の爽やかさのようなものを感じる。そして不思議とやる気が湧いてくる。これが僕の無意識が理想にしていた世界の自分のあり方なのか?と思って、彼をじっーと凝視した。

「何、何、何?　そんなに見つめて、私に惚れたか?　私にはそんな趣味はありませんので、丁重にお断りさせていただきます」

そういうと深々と頭を下げられた。本当に彼は楽しい。

「で、ノートの書き方、分かる？」

「はい。こんなふうに書いてました」

「ふむふむ。ま、内容なんて読まなくてもさ。君の顔を見れば分かるし。今日はお腹の圧が下がってる。肩こりも腰痛もかなり楽そうだから、良い感じで進んでると思うよ」

え、顔は目に見えるけど、なぜ、お腹の調子や腰痛とかの変化まで分かるんだ？　不思議に思って彼に話しかけた。

「あのー」

「何？　あー、腰痛、お腹？　分かるよ」

すると彼は僕の言葉を聞くことなく、僕の疑問に答え始めた。

「がんの様子も分かるよ。今日はもう帰り支度だよ」

「すごい。神さまみたいだ」

「君、神さまと会ったことあるの？」

心の中で呟いたはずが、声に出てしまっていたらしい。どのみち彼には伝わってしまうのだけれど。

「いいえ、ないですけど。神さまは万能なイメージだから」

「そ、僕も会ったことないから、紹介してもらおうかと思ったんだけど残念だわー」

彼は本当に残念そうな顔をしてから、話を続けた。

「調和だよ、調和」

「調和？」

「そう。調和が取れてると、人の不調和がパッと分かるようになる」

「あのー、もしかして霊が見えたりとかもするんですか？」

「しない。私は霊感ゼロ。だからお化けちゃん、全く見えませーん。君も基本的には見えないだろ。でも、最近見えてたよね」

ぎくりとする。だが、隠したところで彼には全てお見通しなのだ。

「誰にも言ったことないのに、なんで知ってるんですか？」

「なんで？　それはね私だから！　私はすごいから」

「あははは、承知しました」

変に突っ込むと面倒なことになりそうだから、愛想笑いをして終わらせる。

「なんだよ。突っ込んでよ。つまらない男だな。ま、いいか。お化けちゃんはね。波動的には高くないし弱い波動だから、体調悪くなると、そこと波長が合うようになりやすい。ま、体質にもよるけどね。だから、お化けちゃんが見えてたら、君もお化けちゃんと同じ世界にいるってことよ。だから、死に近い世界ということだよね。そっちの世界は、あまり意識しないほうがいいよ。霊感強い人ってさ、大変そうじゃん」

そう言うと彼は体を翻して、僕のいない方向へ歩き出した。

「今日は、ノートの書き方が大丈夫か確認しにきただけだから、もう帰るよ。次は四月七日に来るからね。娘さんの誕生日を祝いながら、次の課題を用意しとくから、あ〜お土産はいらないからね。そんなに気を遣わないでよ」

そう言いながら、彼は消えた。

そうか。離れ離れになった娘の誕生日か。覚えてくれているんだな。本当に優しい人だ。そうだ。今度はお土産を用意しておいたほうが良さそうだな。あの人は何をあげたら喜んでくれるだろうか。そんなことを考えながら、またノートを書き出した。

右脳で深呼吸

がんのおかげで楽になったことをいっぱい書いた。彼はノートの書き方を教えてくれた次の日に僕がちゃんと書けているか確認しにきて、それ以来、音信不通だ。ノートを書きながら、時々、頭の中で否定的な言葉が顔を出す。

こんなことをしただけでがんが治るなら、病院なんて要らないだろ。そんな簡単なことでこんな難しい病気が治るわけがない。その度に最初は葛藤していたが、今僕にできることは、彼を信じて、自分がやれることを楽しくやる！　それしかないと思ったり、また、否定的な言葉に耳を傾けたり、の繰り返しだった。

・がんのおかげで、今はモヤモヤが楽になりました。ありがとうございます。

こんなことを書いてるけど、正直、がんに感謝と言っても、まだ、ピンとこないところがあって、ありがとう、感謝って簡単なことのようだけど、「誰かに何かをしてもらったら、ありがとうと言うんだよ！」そんなふうに育てられたから、ありがとう！はよく使うけど、大人になって使うありがとうって、いつも損得勘定で使ってきたような気がする。

僕に得になることだけを有り難いと思い、相手が優しくしてくれたのに得しないことには感謝できなかった。そうやって人の優しさを冷徹に踏みにじってきたんだよな。損得勘定かー。がんにありがとうって言うと、がんが治ると考えて、確かに僕は得をするんだよな。でも相手が人間でもないのにありがとうって効果あるのか？　そんなくだらないことを、いや、大切なことで僕はいつまでも迷っていた。

「おーい。左脳人間よ！　ごきげんよう」

突然、彼の声がした。

「左脳ばっかり使っているから、君は感謝の気持ちも、愛も、言葉でしか理解できないんだよ」

そんなふうに言いながら、久しぶりに彼が現れた。

僕は自分でも気付かないほど、彼が来るのを心待ちにしていたようだった。

「あ、こんにちは。あのー、あははは」

久しぶりに見た彼。そんな彼の姿をみた途端、もう、どうにも我慢できずに僕は吹き出してしまった。彼の服装はいつものスーツ姿ではなく、全身があの有名なアヒルのキャラクターのようだった。青い帽子に青いセーラー服。胸には大きな赤いリボン。もふもふしたパンツにもふもふなお尻。黄色い大きな、ふわふわのスリッパまで履いていた。

「その格好はどうしたんですか？　仮装パーティーにでも行くんですか？」

僕がケラケラと笑いながら聞くと、彼は腰に手を当ててポーズをとりながら、自信満々にこう言った。

「何言ってるの。今日は君の娘さんの誕生日だろ。喜ばせてあげようと思ってさ。喜んでくれた？」

僕は笑みを引っ込めて、自分のつま先に視線を落とした。

「誕生日なのは娘で僕じゃないので、僕が喜んでも仕方ないかと」

「ばかだねー君。今日はさー、子ども不在の誕生日会だろ。一人で想い出に浸って、泣いて過ごすのは嫌だろ。そんなの私だって見てられないし。そもそもそれじゃあ、お祝いにならないじゃないか。だから今日は、ここに子どもはいなくても、いるような気分でぱーっと楽しく、誕生日会をやろうよ」

彼は目を子どものように輝かせてそう言った。本当に優しい人だ。娘がいない誕生日に僕が寂しくて悲しくならないように、わざわざこんな格好までして来てくれたんだ。

「ありがとうございます」

彼に向かって頭を下げた。

「そうですね。この誕生日会の喜びが娘に届くように、パーッと騒ぎたいですね」

頭を上げると、彼を真っすぐに見てそう伝えた。アヒルの仮装と目が合う。しかし、やっぱり彼の必死な仮装は最高だ。これが僕のためだと思うと、幸せなニヤニヤが止まらない。本当に有り難いと思う。

「ところで、その首にぶらざってる黄色い変なのはなんですか？」

「ん？　これ？　これ、くちばし。これつけてるとしゃべりづらくてね。あははは」

彼はいつも明るく陽気だ。こんなコスチュームで現れて、一つも悪びれず、自然とこんなことをやってのける彼はすごいなぁーとうらやましくすら感じる。僕はこれまで人の目や評価が気になって、こんなことは絶対にできなかった。笑われたくないという気持ちが先行してしまう。本当にうらやましい。

「ねぇねぇ、さっきチラッと小耳に挟んだんだけどー。君さー、ありがとうを損得勘定で使ってるんだって？」

彼が自分のもふもふしたお尻を撫でながら、そう僕に聞いてきた。

「はい。いろいろと考えていたら、得することだけ感謝して、相手が優しくしてくれたのに、得にならないものには有り難いとは思えなかったり」

「そう。素直でよろしい。でも、それ最低よ」

彼のストレートな言葉にグッと言葉に詰まる。

「感謝とか、愛ってさ、言葉で理解しようとしてもダメなんだよね。その言葉になる前に常に流れ込んでいる波動というものがあってね。それを右脳はいつもキャッチしてる。それが愛や感謝の波動よ。宇宙の根源の波動で全ての物が、最小単位にするとこのエネルギーになる。そしてそれを、あーそうかと理解して後付けで言葉にしているのが左脳だ。でもな、その右脳の感覚をキャッチもせず、成功哲学とかいって引き寄せを強くするには、目標が大事、感謝が大事、愛が大事と左脳で言葉にしても、その大元を感じてないとエネルギーにはならない。ま、やらないよりはマシだけどね」

彼は肩をすくめながら言った。

「確かに僕は、感謝といってもその感覚はよく分からないです。どうしたら感じられるようになるんですか？」

「人間になればいいだけだ」

堂々とした態度で短くそう言うと、彼は自分の首にぶら下げたくちばしをいじり出した。

「え、人間ですけど」

僕は彼の言葉に困惑しつつ、小さな声で反論した。

「君は生の人間なんかじゃない。何を隠そう、君は社会が造った人造人間なのだ」

アニメだったら、バーーーンという効果音でもつきそうな口ぶりだ。

「え！　人造人間ですか」

「そう。社会の都合のいいように、歪んだ情報で造られた人造人間一号だ。早く人間になりたーい！って言ってごらん」

「早く人間に……」

「感謝ってさー、言葉じゃないんだよ」

僕の言葉を遮って、彼は話を続ける。

「何か突然、胸の奥にグワッーと湧き上がったり、意味もなく涙がこぼれ落ちたり、そんな不思議なものだ。その感謝や愛を感じてみようか？」

「はい、お願いします」

僕が返事をすると、

「では」と言いながら、彼は僕の前に座り直した。

「ほい、いいよ。私に、愛してる！って一万回言いなさい」

「えっ！」

「あははは。無理？」

「はい、少し気持ち悪いです」

自分と同じ見た目をした彼に愛してるだなんて、背筋が凍りついてしまいそうだ。

「だよなー。私だって気持ち悪い」

そう言って、彼はうえ～と大げさに舌を出した。

「まあ、さっきのは冗談さ。ここからが本題」

彼は真剣な目をして、僕を見た。

「私と一緒に、坐禅をやってみるかね、少年。そして人間らしさを味わってみようではないか？　中年よ！　あははは」

「確かにもう三十なのにって思いましたけど、中年も嫌だな……」

僕の言葉を聞くと、彼はまた楽しそうに笑った。

「坐禅ですか？」

「そう。君がやっている寝禅じゃないぞ。瞑想でもない」

「坐禅と瞑想って違うんですか？」

「外から見ると同じに見えるけど全く違う。でもその説明は難しいから、私にはできない」

彼でもできないことがあるんだなという驚きと同時に、知ったかぶりもしない潔い態度が好きだなと思った。

「坐禅、瞑想。確かに外から見ていても違いは分かりませんね」

「どっちが良いとか悪いとかいうことでもない。じゃあさっそく始めようか」

彼に倣って僕も畳の上にあぐらをかいた。

「まず自然に背筋を伸ばして、手は小指と薬指を曲げて手のひらにつけるようなイメージ。ビシッとくっつけなくても構わない。他の三本の指、親指、人さし指、中指は上品な奥さまが、あなた、おかえりなさい！と、玄関で私みたいな素敵な旦那さまをお迎えする時、三つ指をつくような感じで太ももの上に置いて、指の力、肩の力は抜いて。本当は手の甲を太ももに置くほうが肩の力は抜けるけど、指の曲げ具合とか気になったりするから、ま、そこはやりやすいようにやって」

「あのー、なんで小指と薬指を曲げるんですか？」

「腹式呼吸がしやすいからだよ。例えば、手をグーにして深呼吸をしてみな。はい、吸って、吐いてー」

彼の言葉に合わせて呼吸をする。

「あ、グーにすると胸呼吸になりますね」

「だろー。坐禅は自然な腹式呼吸でやりたいからね。はい、次は吸った空気を右脳に入れて。右脳で呼吸する感じだよ」

「え、右脳で呼吸？」

「そう。簡単だからやってみな」

「あれ、ほんとだ。割と簡単にイメージできますね」

右脳で呼吸なんて、今まで一度も意識したことなかったのに、なぜか簡単にできたことに自分でも驚いた。

「でしょう。身体が緩みやすいから、右脳での呼吸を十回くらいやったら、後は腹式呼吸だけを意識して、慣れてきたら、それさえも無意識でできるようになる」

僕は彼の指示通りに呼吸を繰り返した。

「十五分たったから、終わろうか」

いつの間にそんなにたっていたのだろうか。僕は部屋の時計を確認してみた。確かに始めた時から十五分ほど時間が経過していた。

「十五分って短いですね。もっと一時間とかやるものなのかと思ってました。でもなんか頭の中や胸が楽です」

「だろー。座禅は長くやればいいってもんじゃないんだよ。十五分~二十分で左脳と右脳のバランスが整って、肉体と魂のバランスも整ってくる。それ以上長くやると左脳が動き出す人が多いから、また、バランスが乱れやすい」

「あのー聞いてもいいですか？」

「なんだね少年」

いや、だから僕はもう少年じゃないんだけどなと思いつつ、まーいいかとスルーして、彼に気になっていたことを聞いてみた。

「宇宙からエネルギーをもらうとか、何かとつながるとか、そんなことを誰かが言ってた気がするのですが、今、そんな話は全くなかったですよね」

「あ～、なるほどね。何かとつながろうとする必要なんてないよ。だって、君の中には宇宙も神もあるんだ。あえて外に意識を向けて、何かエネルギーちょうだいなんて貧乏臭いことはしなくていいよ。君はリッチマン。君の中に全てがある。だから、自分の中だけで完結する。なんでもかんでも欲しがるな」

「なるほど、なんとなく分かりました」

「しっかり分かりなさいよ、少年」

彼はガクッと肩を落とした。

「あとね。坐禅をやることが人生の目的じゃないからね。坐禅は目的に近づける手段。手段だからといって、目的達成をするために！と力を入れ過ぎたり、こだわり過ぎないで、坐禅そのものを楽しんでやってよ。あースッキリした。あー気持ち良い！　こんな感覚でいいよ」

「了解です」

「坐禅の目的は本来の自分に戻ることで、調和を取り戻すことに目的がある。調和を取り戻すと愛や感謝が言葉としてではなく、不幸を絵に描いたような君にだって、感じられるようになるよ。それにね、調和を取り戻せたら、がんも早く治るよ。最高でしょう」

そう言って、彼はにっこりと笑った。

お誕生日会

坐禅というなんとなく神聖っぽいことを、アヒルの仮装をした彼が指導してくれた。僕の部屋がテーマパークにワープしたかのような錯覚に、いや、それは少し言い過ぎかな。でも、力みをアヒルのキャラクターに抜いてもらったようで、坐禅は今まで何度かやったことあるけど、こんな気持ち良い感覚になれたのは初めてだった。

「調和ね。調和」

彼に教わったことを頭の中で整理してみる。そうだよな。本音を無視して、やりたくないことを嫌々やったり、喜んでいるふりをしてきたせいで、僕の中の調和が乱れた。その結果、道が違うよ、とがんが教えてくれた。その大元となる調和を取り戻すための坐禅。それと、彼から教わったノートを書いて、本当の自分を取り戻す！　このわずかな時間でそんなふうに決意できた。

「アヒルさん、ありがとう」

「おいおい。アヒルじゃないぞ」

僕の心を読んだ彼から、突っ込まれてしまう。

「そうだ。そういえば、まだ名前を聞いてなかったですよね」

「名前？　ばーか。君と同じに決まってるだろ」

そう言いながら、目を見開き、口角を上げて、僕の顔を上から覗き込んできた。僕も彼と同じ表情をつくってみる。

「ブーッ」

すると目の前にいるのが彼ではなく、アヒルのコスチュームを着ている自分のように見えてしまった。もう笑いを止めることができず、二人で狭いリビングを笑い転げた。彼と出会ってから、僕はよく笑うようになった。もしかしたら、こんなに腹の底から笑うのは高校の時以来かもしれない。そんなことを考えながらも、笑いは止まらなかった。

「ビールも飲まずに、大の大人二人がこれほど楽しそうにしている姿はなかなかないよなー」

と、二人同時に同じことを喋ったことで、さらに笑いが止まらなくなった。

「あー、笑った、笑った。そろそろ、ケーキでも食べようか」

目尻に溜まった涙を拭いながら、彼は冷蔵庫を見た。

「ケーキですか？」

「買ってきたんだよ」

「どこのケーキ屋ですか？」

「それは内緒だよ。この店は、とにかく有名店でね。これ以上忙しくなるのは困るから、お店のコマーシャルはしないでってお願いされているんだ」

そう言いながら、彼は冷蔵庫に近づき、扉を開けた。

「そうですか。あのー、そのお店はこっちの世界ですか？」

「まさか。私がいるパラレルワールドのほうだよ」

「じゃ、教えても問題ないんじゃないですか？」

「そっか。なるほど」

ケーキを取り出した彼は、くるりとこちらを振り返った。

「で、店名は？」

「うん。覚えてない。場所は知ってるけど、名前は覚えたことがないな」

「あははは。そんなところ、僕と同じですよ」

テーブルの上にケーキが置かれた。

「ろうそくは九本でよかったかな」

「はい」

ろうそくまで用意してくれたんだ。しかも娘の歳の分。そう思うと胸いっぱいに何か熱いものが湧いてきて、言葉にならなかった。

「ん、どうした。泣いてるの？」

「はい。急に胸が熱くなって　涙が噴き出してきたんです。これ、どうなってるんですか」

「それが、感謝というエネルギーだよ。調和がとれて、君も感謝のエネルギーをキャッチできるようになったんだよ」

「なんだか気持ち良いです」

「だろー。良かったな。人間になれて。感謝と愛のエネルギーで、この世はできている。全ての根源のエネルギーだよ。体験できて良かったな」

「ありがとうございます」

僕は涙を拭って頭を下げた。

「それ、損得勘定で使った？」

「あははは。まさか。本心です。本当にありがとうございます」

そう言って、さっきより深く頭を下げた。

できることなら、娘と一緒に誕生日を祝いたかったけど。それにはまず、僕が元気になって、人を愛し愛され、人に感謝し感謝されるような人間にならなければいけない。そうしなければ胸を張って会えないから。また一つ、僕にはとてつもなく大きな生きる目的ができた。

「よーし。生きるぞ。生きて生きて生き抜いてやる」

「君、燃えてるね！」

「萌萌だね」

と言いながら、彼は両手に拳を握り、手首を唇のところに持っていくと、お尻をクネクネとさせた。そして目をキラキラとさせながら、「萌萌」とかわいく言った。よく分からないリアクションに僕は苦笑いを浮かべて、「ありがとうございます」と、何度も何度も言った。

「ところで、今何時？」

「八時三十分です」

「そう。じゃ帰らなきゃ！」

「え、もう帰るんですか？」

あちらの世界で夜勤でもやっているのか？と言おうとしたが、こんな彼が夜勤の生活はしていないのは聞かなくても分かるし、言葉にすると、彼は、君本当にばかだよなーと返してくるに決まっている。そう思って僕は甘いケーキと一緒に言葉を飲み込んだ。

「はい。また、待ってます。気をつけて帰ってください」

「ありがとう。まあ、気をつけるもなにも、ここから我が家は一秒で行くから大丈夫。あははは」

そう言って、彼は立ち上がった。

「じゃあー、またね。坐禅、毎日楽しみながら、やってみて。おやすみ」

手を振る彼に頭を下げる。

「ごちそうさまでした。本当にありがとうございました。おやすみなさい」

彼は台所の奥のトイレに消えて行った。なぜかトイレを流す音がしたが、もう彼の気配はない。

トイレの輝き

「おはよう。眠れた？　この前のケーキ美味しかったね」

「おはようございます。はい。美味しかったです。おかげさまで夜もよく眠れるようになりました」

今日は四月十日。娘の誕生日会から三日後の朝だった。彼はこの前帰った時と同じでトイレから現れた。そういえばこの前の誕生日会の時も、確かトイレのドアの前が陽炎のように揺らいで、ポワーンと徐々に身体が出現していた。でも今日は、トイレのドアを開けて中から現れたのだ。

「そう。眠れるようになったの。それは良かった。ところで君、トイレはいつ掃除したの」

「三日前ですかね。誕生日会の日に掃除したと思います。え、汚れてましたか？」

「いや、汚れてはいない。けど、ピカピカでもない。普通だ」

「汚れてなかったんですね。良かったです」

「ばか、普通と言われて、何を喜んでるんだ」

「え、ダメですか？」

僕は首をかしげた。汚れていないならいいと思うんだけど。

「当たり前だろ。君の普通というのは、君がいるこのパラレルワールドそのもののことで、このパラレルワールドには君が欲しい幸せは存在しないよ。普通しか引き寄せないということだよ。

普通は幸せか？　君はそれでいいのか？」

「いえ……それは困ります」

彼はうんうんと頷いた。

「そうだよな。トイレ掃除をすると良いことが起きるというのは、パラレルワールドを理想のほうに移動するということなんだ」

一瞬、納得しかけたが、いや待てよと思い、「でも、相手はトイレですよ。トイレも引き寄せをするんですか」と彼に尋ねた。

「君ってほんとばかだよね。何を聞いてたの。一つの内容から全体をつかめよ。本当におばかさん。あのねー、全ての存在が波動を出してる。波動は似たような波動を引き寄せる。それは全ての物に当てはまる。

パラレルワールドの考え方で言うと、良い世界には良い波動のものが存在する。良い波動のところには良い世界がある。家の中が綺麗に片付いて、ピカピカして高い波動になっていたら、その家は高い波動のパラレルワールドに移動しているってことで、そこに住む人間は、その良い波動に影響を受けて、体調も気分も良くなって、次から次へと良いことが起こる。家相が悪い。土地が悪いって聞くだろ。家を新築して引っ越したら、体調が悪くなったり、事故にあったりすることがある。そんな話を聞いたことない？」

「あります」

僕はこくりと頷いた。

「その原因は家相が悪くて、家が波動の低いパラレルワールドに移動してしまったからなんだ。そこで生活していると、家族みんなが同じように低いパラレルワールドに住むことになる。だから悪いことが増えるんだよ。波動が同じような世界に人も物も土地も存在するようになっているからね。君の普通という感覚では、君も家も普通のパラレルワールドに存在する。だから普通のことしか起こらない。ということは生活も気分も今のままということになる」

「そうか。よく考えるとそうですよね」

彼の話に納得して頷いていると、

「よく考えなくてもそうなんだよ」と彼に言われてしまった。

よし、そうと分かったら、掃除しないと！　そう意気込んで僕は勢いよく立ち上がった。僕はやることが決まると、不思議ととんでもないくらいの集中力が湧いてくる体質だ。

「おっ。ルンルンして楽しそうだな」

「はい。やることが分かると楽しいです」

僕は両手でガッツポーズを作った。

「そうだよね。人間ってさ、何をしたらいいか分からないと前に進めないんだよ。人間は、これをやったらこうなるんじゃない？ってある程度予想がつかないと、前に進む行動を起こそうとしない。もちろん、これをやったら失敗するだろうと思うと止める。どれくらい可能性を感じるか？で、その後の行動が決まってくるってことだな」確かに僕もそうやって生きてきた。

「でもね、それは左脳の世界だ。理論理屈が分からないと行動しない！　理論理屈で人生は変わらない。その理論理屈の世界の波動は重い！　波動が低いってことだ。それじゃあ、パラレルワールドは幸せな方向には移動しない。だから、上手くいきづらい。分かる？」

「はい。今はゾゾっとするくらい感じました」

「それよ、それ！　感じて動く。君もやっと分かったんだね」

「でも、でもですよ」

僕はテーブルに手をついて、前のめりになった。

「僕、なぜか、さっきからイライラしてるんですが」

そう。僕はなぜかさっきからイライラしていた。理由も分からないから、気持ち悪くて怖かったのだ。

「ゾゾッとしたり、イライラしたり、君も忙しいね、ほんと、おばかさん」

彼の言葉に、胸の中がもやっと黒くなるのが分かった。

「あ、それですよ！」

僕は彼を指さして大声を出した。

「君、イライラというか、怒ってるの？」

「怒ってますよ！　怒ってるみたいです」

「ちっちゃい男だなー。君、怒るスイッチいっぱい有り過ぎじゃない？」

彼はそう言いながら、リビングにある三段に並んだスイッチの真ん中を押して明かりをつけた。

「それにさー。スイッチ簡単に入り過ぎ」

「だって……今もそうですけど、ばかばかって何回も言われると、誰だってイラッとしたり、怒りますよ。怒らないほうがおかしい。せっかく楽しく掃除を始めたのに」

僕はモゴモゴと、彼から視線を外したまま文句を言った。

「あれ、まさか私に怒ってるの？」

「そうですよ。他に誰がいますか？」

「ふふーん」

「ふふーんじゃないですよ」

彼は全く悪びれた様子もなく、さっき僕がしたみたいに今度は彼が僕のことを指さした。

「あのな、ばか男！　良いことを教えてやる。これを聞けばそのばか頭が少しは良くなると思うぞー。あははは」

その言葉に僕がまたイライラすることも分かっているはずなのに､彼は楽しそうにしている。

全く無神経な人だよな。

「そうだよ。くだらないことに神経は働かさないから」

くだらないことって……。

「あのさ、今、君が不機嫌なのは人のせいということだよね？」

「そうですよ。あなたのせいです」

「だから君は、幸せになろうと思っても不幸が津波のように押し寄せてくるんだよ。いいか、一度しか言わないから、よーく聞け。この世の基本を覚えとけ。他人は変えられない。変えられるのは自分だけ。分かる？」

彼は目を細めて僕を見た。

「でも、自分が変われば他人も変わる！って世間では言いますよ」

「そうね。うん。それはない。その考えは間違いよ。そう思いたい気持ちも分かるけどさ。自分が変わっても他人は変わらない。そもそも、君が周りに左右されずに、周りを全部受け止められたら、別に周りが変わらなくてもいいわけでしょう？

自分が変われば他人が変わるっていうのはさ、自分が頑張ればそのご褒美に嫌な人が良い人に変わるよ！みたいなご褒美をぶら下げられて、だから頑張れ、耐えろって言われているようなものでさー。半端なんだよ」

確かに、彼の話はもっともだった。

「そこでだ。変わらない他人が君の不機嫌の原因だとしたら、君は一生、不機嫌でいなければならない。君は他人に人生を左右され、自立した人生は一生来ない！ということだ。馬と鹿の頭でもこれくらい分かるだろ？」

「馬と鹿……」

「少し柔らかく表現してみたけど、気に入った？」

「あはは」

僕は苦笑い混じりに笑みをこぼした。

「おっ！　うけた」

「うけてません」

「うけた。素直になれよ」

彼がニヤニヤと笑い出す。なんだか恥ずかしくなって、彼から目を逸らした。

「さて」

パン！と彼の手が鳴らされる。その音につられて視線を戻すと、僕がちゃんと自分の方を見ていることを確認してから、彼は口を開いた。

「今から話す内容はさらに大事。試験に出るからライン引いててよ」

「試験があるんですか？」

「あるよ。人生という試験だ」

そう言って、彼はかけてもいない眼鏡をクイっとあげた。

「そもそも、君がイライラしたのは、私の言葉に反応したからだ。ばかと呼ばれて、くだらないプライドにスイッチが入った。きっと、君は人にばかにされないように努力してきたんだろう。小さい頃から頑張って勉強しなさいと言われ、勉強しないとばかにされる。力を持たないとばかにされる。そうやって、絶対にばかにされてはいけないと、いろんなことを頑張ってきたんだろう。そして、そんなふうに洗脳された君は、ばかと言われたことでプライドが傷つき怒った。ここまでは左脳の話だ。

次ね。じゃあ、魂さんは？って話になるんだけど、魂さんは全くそんなことは気にもしない。平気なんだよ。そうすると、左脳と魂さんの間に波動のズレ、まあ、価値観のズレが起こるわけ。すると感情は、そのズレを教えるためにズレの大きさに見合った気分の悪さを出してくる。でも、君はそれを人のせいにしてた。そもそもの原因は、君の左脳に教え込まれ、信じ込んでいた間違えた固定観念のせいなのにね。

いい？　そこを変えられるのは君だけだよ。そこの間違いを教えるために嫌な出来事が起こり続ける。君に気付かせるために起こり続けるんだ。そしてそれは、君が気付くまで起こり続ける。どうしても気付かないと、家庭や社会、人間界から強制退場になる。ほら、他人のせいにしてたら大変だろ？　分かったか？　もう一度言うよ！」

「え！　一度しか言わないって言いましたよね」

「良い話は何度も聞け！」

「はい」

僕は姿勢を正して話の続きを待った。

この話はさまざまにシチュエーションを変え、何度も何度も繰り返され、三日間続いた。確かに自分が変われば周りが変わる！というより、他人を変えたくて自分が変わろうとしてた。自分が変わるとご褒美のように周りが変わるよ！という期待で、自分の言動を変えていたように思う。本当は変わるフリをしていただけで、結局、本心で変わろうとはしてなかったのかもしれない。

イライラするのは周りの問題ではなく、自分自身の考え方に問題があったのだ。なんとなく分かっていた気もする。でも、自分のダメさ加減を今更、振り返りたくもなかった。これ以上、惨めになりたくなくて周りを悪者にして攻撃していた。なんとも情けない生きざまをしていたのかと涙が止まらなくなった。

「お取り込みのところ、すみませ〜ん」

「……」

「私、帰るよぉ〜。見送りは結構です。奥底から笑いが込み上げるまで、しっかり泣いてよ。おやすみ」

と、そう言葉を残して彼は部屋から消えた。自分の世界に戻ったのだ。一人になった僕は身体を動かさないといたたまれなくて、夜だと言うのに洗濯機を回して、お風呂掃除もした。時計を見ると、いつの間にか十一時を回っていた。

過去からの襲撃

僕は彼が帰った後、身体を動かさないと壊れそうな感覚にじっとしていられず、洗濯をして、お風呂場をピカピカに掃除した。それでも落ち着かず、押入れの中の整理を始めた。離婚してから、家族を思い出すたびに苦しくて苦しくて、だから、その思い出から逃げるために今のアパートに引っ越した。逃げるように引っ越してきたので、押入れにある段ボールの中に何が入ってるのかさえ分からない状態だ。

そんな中、一つの大きな段ボールを開いた。中を見た瞬間、涙が洪水のように溢れた。そこにあったのは大きなお絵かきノートだった。開くと、子どもたちが父の日に描いてくれた僕の顔や、一緒に行った公園のブランコで楽しそうに遊ぶ僕と子どもたちの絵だった。彼が突然現れてから、がんとしっかり向きあえて、将来にも、自分にも、少しだけ希望が生まれて、身体も心も少し軽くなっていた。そんな矢先、開けてはいけないものをまた、開けてしまったように思えた。離れてから何度電話してみても、子どもたちの声も妻の声でさえも聞けなかった。

私からの電話は、家族に取り次いでもらえなかったのだ。

　自殺寸前まで気持ちが追い込まれてた僕は、子どもも僕と話をしたくないんだ！　そこまで嫌われてしまったんだ！と思い込み、電話することを諦めた。そして、会いに行くことも諦めてしまった。娘の最後の言葉は、

「お父さん、バイバイ、元気でね。私は大丈夫だから！」

という短い言葉だった。

　子どもながらに、もう離れて生きる！ということを理解しているように思えたし、僕を心配させないための精いっぱいの言葉だったように思う。僕は電話が切れても、いつまでも受話器を持ったまま泣いていた。

　そんなことが次から次へと脳裏に浮かんで、心がその頃の悲しみに支配され、身体が震えた。気が遠くなって、外を行き交う車の音が少しずつ耳から消えていく。静寂な世界に放り込まれ、逃げることのできない過去の襲撃に身体を小さく丸めて泣きじゃくるしかできなかった。大きな罪悪感。守るはずだった家族を、僕の弱さを隠すほうを優先して守れなかった情けなさが、嵐のように心の中を吹き荒れた。

「おはよう。おーい。おはよう。死んだのか？」

　その声にハッとして目が覚めた。僕は娘のお絵かきノートの上で気を失っていた。

「あらあら。子どもさんが一生懸命に描いた君の絵がヨダレでぐちゃぐちゃじゃないか。どう

するの。再会した時に手渡そうと思ってたんじゃないの？

あ、そうか。今はがんのことで頭がいっぱいで、まだそんな余裕はなかったか。情けないなあ。君、父親だろ。離婚して独身になってもさ、父親であることに変わりはないよね。その程度で、あっという間に過去の苦しかった時期に引き戻されちゃうわけ？　私のお父さんはやっぱりすごいって言ってもらいたくて、自殺もしないで生きてきたんじゃなかったの？」

彼は早口でまくし立てた。僕の気持ちを引き上げるために必死にしゃべってくれている。そう感じた。僕は雨に濡れてくにゃくにゃになった、蝉の抜け殻のように情けない姿だった。

「ちみちみー。悲しさいっぱいで泣いて、君の人生が変わるなら、泣き崩れてな。でも、そんな悲しい涙は子どもたちにとっても辛いと思わないか。今泣いて、子どもが目の前に現れると思うか。その逆だろう。悲しみは出会いを引き延ばすと思うよ。だってさ、そんな自分、子どもに見せたくないだろ。再会するときは喜びの中でやらないと、きっとまた別れることになるぞ。

あのさー、その悲しみの原因を考えて整理してみなよ。離婚して、子どもたちと離れ離れになって君が悲しみのどん底に突き落とされた原因をだよ。他人の目を気にして、評価を気にして、くだらないプライドを守り、自分の本心に嘘をつき、自ら自分を裏切った。その結果、起きた現象じゃないのか。

いいかい。二度とこんな悲しいことが起きないように生きるには、過去に振り回されて泣いてる暇があったら、思いっきり自分を大切にして自分らしく生きたほうがいいんじゃないのか？　思い出であろうが、空想であろうが、頭の中に充満したものはそれは現実で、今起きていることとして宇宙は受け止める。

だからパラレルワールドは悲しみの世界に瞬間移動だ。大切なのは、君が今何を感じて存在するのか、だよ。がんが辛くて死にたかったら死ねばいい。過去の苦しさを思い出してそれが辛かったら死ねばいい。死ぬのも自由だし、死んでも君は何も辛くない。辛いのは残された人間だけだ。好きに死ね。好きに生きろ。全部自由だ。忘れるな。君が全てを選べる。悲しみも喜びも君が好きに選べる」

彼の話は、まるで朽ち果てて誰も出入りしないお蔵の中に隙間から差し込む陽の光のように、僕の心を照らしていった。それまで僕は、悲しさや寂しさの後悔の渦に巻き込まれていた。いや、自らその渦に身を投じたのかもしれない。

「ありがとうございます。もう大丈夫です」僕はゴシゴシと涙を拭った。

「子どもたちのことが辛くて、見ないようにして、希望や期待が欲しくて反対の世界ばっかりを見ていました」

「あのねー、素晴らしいことをまたまた教えちゃうけど。あ、無料よ！」と言って、彼はこんな話をしてくれた。

「この世はさ、相反する二つのものが一つのものをつくってる。例えばね、欲しいもの、欲しくないもの。好き、嫌いとか、あるじゃない。みんなそれを片方だけ欲しがって、片方は嫌だ！って拒否するんだよね。

でもさ、拒否は無理なのよ。二つで一つなんだから、欲しくないものも含めて働いてるんだよ。過去の悲しいことは思い出したくない。だから未来ばっかしに期待をして、生きてる。でも悲しい思い出もそのまま受け入れてやらないと、その反対の幸せな未来は寄ってこないんだよ。蝉の抜け殻には難しかったかな」

彼は最後に、ミーンミンミンミンとおどけて見せた。

「そうですよね。良い機会でした。僕はもう大丈夫です」

彼の話を聞いて、長い間、整理できなかった気持ちの整理がついたような気がした。

「ありがとうございます。おかげさまで生きる目標が一つ増えました。父親として、立派にしっかりと生き続けます」

「おーっ、素晴らしいじゃないか。本気で泣けば、光が見えるものだね。見なくてはいけないものを隠して生きてたら、本気では笑えないからね。なかなか良いドラマだったよ。君はいい役者になれる。どんな役者として存在するのか、どんなシナリオを書いて、どんな演技をするのか、全て君が決めるんだよ」

そう言って、彼は僕の肩を優しく叩いた。

「ありがとうございます。しっかり決めます」

僕の心はスッキリと晴れ渡っていた。

第3章

パラレルワールドの秘密

パラレルワールド1

「さて、今日も楽しい話をするぞ」

彼はいつもの笑顔で、今日は僕の家の白い壁を通過して夕方五時頃に現れた。彼はどこからでも出現する。三次元世界の出来事が当たり前になってしまった僕には夢が膨らむ現象を、彼は普通にやってみせた。

「君ー。今日は何を話そうか？」

「はい。何度かパラレルワールドの話を聞きますが、あまり意味が分からないので、もう少し詳しく教えてください」

「じゃあビールねぇ。金麦じゃなくて、今夜は恵比寿。いや待て！！　札幌クラシックがいい。未来のパラレルワールドに行った時に、ユーチューバーの谷やんが旨いって言ってた」

「誰ですか？　谷やん？」

「谷やんだよ！　未来の話」

彼はシッシといたずらっ子のように笑った。

「でも、札幌クラシックは一九八五年の六月から売ってるから、北海道まで行って買ってきてよ！」

「え！　あれは北海道の限定販売だから、恵比寿にしましょうよ」

「仕方ない。今日はそれで我慢するか」

と言いながら、彼は早速ビールのタブを引っ張った。プシュッといい音をたてて缶を開けると、ビールが泡立たないようゆっくりとジョッキに注いだ。

「旨いなっ」

と言いながらジョッキを傾け、一気に半分も飲み干すと、

「またツマミは乾き物か。身体壊すぞ。もう壊れてるか」と笑いながら、僕に何かを催促するような目で言った。

「秋刀魚、食べますか？」

彼は予想外の秋刀魚という単語に、

「何、そんな高価なものがあるのか？」

と驚いた。そんな高価なものじゃないけど、喜んでもらえてホッとした。

秋刀魚の塩焼きを彼に出すと、

「おーっ、いい匂い、旨そうだね」

と言いながら箸を持ち、身をほぐして口に運んだ。そして、

「秋刀魚さん、ありがとう」

と、なぜか小声で秋刀魚に手を合わせてお礼を言っていた。相当美味しかったんだろうか、な

んて思いながら、彼を見ていると、

「で、パラレルワールドの話だったね」と言って箸を置いた。

「パラレルワールドって平行世界って言われてるけど、実は未来も過去も今も、世界が同時に今ここにある！」

切り替えの早さに驚きながら、「あなたは僕のどこの世界から来られたのですか？」と尋ねてみた。

「私か？　君の理想の平行世界からだ。話を進めるよ！」と言い、ここからはとても興味深い話のオンパレードだった。

「引き寄せとか、みんな必死になってるだろ。何かが欲しいと思ったら、もっとそれをリアルにイメージして繰り返して、なんて頑張ってるよね」

「はい。僕もそれに似た感じで毎日やってました。でも、ほとんど理想通りにはなりませんでした」

「そうよね。叶わないよね。特に君なんて、左脳をガッチリ使って生きてたからね。そりゃあ無理だろう」

「え、僕、右脳タイプだと思うのですが」

僕がそう言うと、彼は、

「そう？　はいはい」と軽くあしらい、話を続けた。

「あのなー、右脳タイプだったら、私は君をばかとは呼ばないよ。私がもし学校の先生だったら、君のことをお利口さんと呼ぶかもしれないけど、社会に出て人生を幸せに生きるためには、左脳で考えると上手くはいかないからね。次に進むよ。

それでだ。引き寄せってどうやって起こるのか?なんだけどね……といきたいところだけど、う～ん、なんだか面倒くさくなっちゃったな」

彼はソファの背もたれに寄りかかり、ぐでぇと両手を広げた。

「そう言わずに、続きをお願いします。はい、ビールもありますよ」

僕がジョッキに注いだビールを差し出すと、彼は姿勢を戻し、笑顔でそれを受け取った。

「そうかー仕方ないなー」

そう言いながらジョッキに口をつける。

「プハァ。じゃあ、一から話そうか。長くなるよ。読者さん、ついてこれるかねぇ」

「読者さん?」

「そうだよ。この会話、多くの人の幸せのために本になるから。まあ、随分後にはなるだろうけど、誰もが幸せに生きるための手引書になるんだよ!」

「すごいですね。ワクワクします。僕も早く読みたいです」

「ばか。君が書くんだよ」

「え⁉」

彼があまりに突拍子もないことを言い出すので、僕は思わず大声をあげてしまった。慌てて口を押さえる。いや、まさか僕が本を書くなんて、あり得ない。小中高と、作文は大嫌いだったし。作文の宿題が出ると決まって、

「この文章は何を言いたいの？　先生には全く理解できないよ。少しはまじめに書きなさい」

って言われて書き直しさせられてたし。

日本語だって、この歳になっても全く上手く話せない。標準語のつもりで話してるのに、九州の訛りが出てるって言われるし、まあ、僕は九州生まれだからそれはしょうがないとしても、ひどい時なんて東北生まれですか？なんて言ってくる人もいるくらいだ。

「てやんでぇーこちとら九州生まれのほんのちょ～っとの東京経験者だぃ」

ってたんかきってやりたくなる。

とにかく、作文苦手、国語苦手。僕のしゃべる日本語は、日本弁で方言だ！って言われたこともある。とにかく言葉には劣等感だらけなんだ。そんな僕が本を書くだって？　あり得ない。絶対にあり得ない。

「おい、何を一人でしゃべってるんだ？　話、始めるぞ」

「あ、はい」

良かった。今回は心を読まれなかったみたいだ。読まれてたら恥ずかしいもんな、なんて思いながらも僕は赤面していた。すると、

「日本語が苦手でも何とかなるさ。さあ、進むよ！」

と彼が言った。

やっぱり心を読まれていたようだ。僕はますます顔がほてったのを感じた。僕のそんな様子に、彼は呆れたと言わんばかりの表情をしてから、話を続けた。

「パラレルワールドの前に、人間の脳みそについて話すよ。まず、君がこの世に生まれたその瞬間、君は右脳の感覚でこの世を認識した。それはボーッとした感覚で、霞がかかったような見え方だ。でもそれでも君は安堵感に包まれ、不安なことなんて何一つなかった。自分の身体がどこまであるのか。ベビー布団と自分の身体の区別さえできなかった。この世の全てとつながっている感覚ね。だから宇宙に包まれているようで安心していたんだ。

しかし、徐々に左脳が動き出す。左脳の最初の仕事は、この風景の中から自分を区別すること。自分の手がどこまであって、布団はどこまであるのか。布団と自分を区別して切り出す。次はお父さんやお母さんを風景から区別する。区別するのだから、差を見つけるという作業だ。ということは、この時、差別が始まったんだよ。比べる世界の始まり始まりだ。お父さんは大きくて自分は小さい。お母さんは歩けて自分は歩けない。劣等感や優越感のスタートだな。

そして、それを順序よく並べていく。そうすると、昨日まではこうで、今日はこうだ！と違いを並べられる。それが時間の始まりだ。本来、時間というものは存在しない。この瞬間しかない。左脳の発達で、ありもしない時間があたかも一直線に存在するかのようになった。

そして左脳は見たもの、触ったものなどを、五感を使って脳みその中に仮想の世界を構築していく。君の魂はその仮想の世界を見て、あらゆるものを選択していく。それが意識といわれてるものだ」

「え、どうして魂はそのままを見ないんですか？」

「良い質問だ。ビール飲め」

彼からジョッキを渡される。だけど正直、今は話の続きが気になってビールどころじゃない。でも受け取らないわけにはいかないので、一旦ジョッキを受け取ると、口をつけずにテーブルに置いた。僕は早く続きを話してくれと目で訴えた。

「そう焦らなくても、今話してあげるよ。いいか。そのままの世界を見てたら、身体なんていらなかったろ。魂はその仮想の世界を通して、身体とともに生きることを選んだから、人間世界に来たんだよ。君の、いや、私たちの親や兄弟、先祖から伝えられた考える癖、感じ方、そこから生まれる行動の癖。それらをもとに創られた仮想の世界を見て、魂は肉体と共に人生を進むんだよ」

なるほど、そうなんだ。彼の話に相槌を打つ。

「でも僕は、リアルに周りを見てるように思うのですが」

「うん。左脳は完璧な仮想の世界を創ってるから、そこに気付かないのも無理はない。目には盲点という、絶対に見えない部分がある。そこには映像を映すための網膜が存在していないんだ。だからその一部分は絶対に見えないはずなんだけど、君の見ている映像にそんな部分はあるかい？」

「いえ、完璧に見えてます」

「だろー。それが頭の中に作り上げた仮想の世界を見ているという証拠だ」

「そうなんですね」

まるでファンタジーやSFの話みたいだ。僕は不思議な気分になって、ぐるっと部屋を見渡してみた。

「同じ物を見ても、思考癖から創られた仮想の世界の映像は、見る人によって微妙に違って見えている。だから話が食い違ったりするだろ」

「確かにそうですね」

「一つの事件が起こるとき、事実や真実もまた一つなんだ。ほら、この前テレビでコナンくんが言ってたろう、真実はいつもひとつ！って。あれ、かっこいいよね」

「はーそうですね」

「反応薄っ。もっとパッと来いよ。パッとさ」

彼は僕に向かって腕をひろげてみせた。

「はい、コナンくん、すごいですね」

「よし。それで一つしかない事実や真実が、法律の専門家である裁判官が代わると判決が逆転したりするだろ。おかしいって思わないか？　これも仮想の世界が一人ひとり違うから、その事実の解釈が変わるということだ。

じゃ、ここからパラレルワールドの話だ。この世は相反する二つのものが一つの世界を作っている。例えば、光と闇。男と女。善と悪。生まれつき目が不自由な人は、その仮想世界に光が存在しない。と同時に、闇というものも存在しないらしい。片方が存在しないと、もう片方も存在できない。手のひらに成功と書いて、手の甲に失敗と書いたとしよう。君は成功だけを夢見て、失敗は否定する。失敗は嫌だ。消えてしまえ！と願った。はい、失敗と書いた手の甲が消えました。すると、手そのものが手の形にはならなくなる！ということは手のひらに書いた成功も消える。分かる？」

「はい。ナイスなたとえです」

「なんだ、上から目線だな」

「いえ、素直にそう思いました」

「そう。ありがとう」

彼はちょっと照れ臭そうに笑った。

「それでね。君が人生で右を選んだら、左が存在しなきゃ、右も存在できないって分かる？」

「あー！　分かります」

「そう。それがパラレルワールドの分岐よ。そうやって、今日まで無数に選択した数の数倍のパラレルワールドが存在しているのよ。そして、君がある日マイナスの世界を選んだ。その反対側に私の存在が生まれ、そして、こうやって離婚とがんに苦しんでいるばかのままの君をお利口さんの私が助けにやってきたってわけだ。なんと美しい愛なのだ！　感謝しろよ」

「はい。ありがとうございます」

わざわざ感謝しろと言われなくても、僕はもう感謝しきれないほど、彼には感謝の気持ちでいっぱいだった。

「私もさー、本当はこんな波動の低い世界には来たくなかったんだよ。おかげで体調が悪くなってきてる」

それは全くの初耳だった。彼はいつも陽気で笑顔を絶やさない、健康体そのものって感じの人だから、まさか彼の体調が悪くなっているなんて思ってもみなかった。

「なー君さー、こんな波動が低くて弱い世界に長くいると、人生終わるよ。さっさとパラレルワールドをワープしようぜ。って、ねえ。私の話聞いてる？」

顔の前でひらひらと手を振られる。彼の体調が心配で反応が遅れてしまっていたらしい。僕は慌てて返事をする。

「はい。そうなるように引き寄せを頑張ります」

「ばーか、ばーか、ばーか。君、君ー、分かってないなー。ピンとこないの？」

「え、何がですか？」

僕はキョトンとする。

「あのさ、引き寄せってね、パラレルワールドをワープしたそこにあるんだよ。君のその波動がこのパラレルワールドを選んだ。だからこのパラレルワールドの世界にいる。君がそのままの波動でいると、今いるパラレルワールドの世界からどこにも移動しない。ま、厳密にはすぐそばのパラレルワールドを行ったり来たりしてるんだけどね。

いい？　その状態じゃ、君はこの世界に存在するものしか引き寄せることはできない。この世界には幸せを感じるものは少ないから、君の欲しいものは、今いるパラレルワールドにはないと思ったほうがいいね。だから、どうでもよいことは叶っても肝心なことは全く叶わない。その波動では、理想の引き寄せなんて一万年生きても起こらないんだよ。今まで味わったように、悪いことはいくらでも引き寄せられるけどね」

「どういうことですか？　もう少し分かりやすくお願いします」

ただでさえ、今までの常識から外れた話だ。頭がパンクしそうになりながら、それでも彼の話を理解したくてお願いした。

「えっー、これ以上分かりやすく？　本当、感性ゼロだな。感覚でつかめよ。感覚でさ。左脳ばっかり使って生きてるから、こんなこともキャッチできないんだぞ。全くもう。読者さんはみんな分かってると思うぞっ。で、何が分からないの？」

「えーと」

「なんだ、分からないことも分からないのか。おばか」

彼は少しめんどくさそうにしながらも、僕のために言葉を探してくれているようだった。

「ん〜、波動って分かるだろ。この世の中の全てが振動してる。君の身体も、思考も感情もテレビの電波のように周波数を持っているんだ。その波動は高い低い、強い弱いと分類できる。君の波動は低くて弱い。それは君の波動だけではなく、君が存在しているこの世界も君と同じで低くて弱い波動でできているってことだ。似たものが引き合う法則っていえば、分かるかな。清流には清流を好む魚しかいないだろ。環境とそこに生きるものは似たような波動で共存しているんだよ」

「そうなんですね。でも、僕の周りには成功している人や幸せに生きている人もいますよ」

みんなが僕と同じなら、この差はなんなんだろう。

「それはこのパラレルワールドにも上から下まで幅があるんだよ。でも、純度は低いから結局、トラブったりすることは、私がいるパラレルワールドよりかなり多いよ」

「純度？」

「波動の高さのことだよ。ここまで分かった？」

「はい」

「で、ここからが大事だ。では、どうしたら良い選択ができるか？　理想のパラレルワールドにワープできるか？という話ね」

「ワクワクしますね」

今の僕は、いつかの彼のように目を輝かせているに違いない。

「それそれ、その感覚で目の前を選択する」

「え？　ワクワクしながら何かを選ぶんですか？」

「そうだよ」

「そんな軽率でいいんですか？　やっぱり、しっかりデータを集めて、よく考えて検討して決めないといけないんじゃないですか？」

「だってさ。君、ずっとそうやってきたんだろ？」

「はい」

僕は何かを選択するとき決まって、本当にこっちでいいのか、間違えてはいないか、そう何度も頭で考えてから選んできた。間違っても、こっちのほうがワクワクするからなんて理由で何かを選んだことはない。

「で、今、幸せか？　健康か？　楽しいか？」

「いいえ」

即答だった。

「だろー、じゃや、その方法はダメだったってことじゃないの？」

「それは僕の能力が低いとか、知識や経験が少ないからじゃないんですか？　だから一生懸命に勉強してきたんです」

「まだ、そういう考え方をしちゃうんだね、君は。じゃあ君は一体いつまで勉強したら上手くいくと思う？　どれだけの失敗を経験したら、いい選択ができるようになるの？」

「分かりません。後は運まかせですかね」

「あははは。それだよ、それ。運だよ」

「運、ですか？」

「そ！　君は能力がないわけじゃない。知識や経験が足りなくて上手くいかなかったわけじゃない。考えてみてよ。人間は十回も二十回も違う人との結婚生活を体験しなきゃ、結婚が上手くいかないわけじゃないだろ？　まあ、そんな人もたまにいるかもしれないけど。とにかく、君は運が悪かったのよ。ではなぜ運が悪かったのか、が問題だ」

「確かに自分でも運が悪いなーと思ったこともあります。頑張ってもなぜか全部裏目に出てしまいました。でも運に任せるなんて、占いで人生を決めるようでなんとなく抵抗があります」

自分の人生全てを運に任せるなんて考えられなかった。

「運って当たるも八卦、当たらぬも八卦、みたいな世界じゃないよ。運はコントロールするものだ」

「コントロール、ですか？」

「そうだよ。運をコントロールするんだよ。君はその運をコントロールできなくて苦しんできたんだ」

運をコントロールするなんて、本当にできるのだろうか？　もし本当にそんなことができるならぜひとも知りたいと思い、僕は食い気味に尋ねた。

「どうやってコントロールするんですか？」

「この半年、イライラしながら運転して、何回警察に捕まった？」

「え！　見てたんですか？」

「しっかり見てた。免許がなくなる寸前だったよな」

「はい。情けないです」

「イライラしてると運が悪いことが起こる」

「確かにそうですね」

「反対に気分が良いと良いことが起こりやすい。そんな経験、今までいっぱいあるだろう？」

「あります」

「だから、運をコントロールして、良いことを起こしたかったら、気分良くいることなんだよ」

「え？　たったそれだけですか？」

あまりにも単純な答えに拍子抜けしてしまう。

「そう、たったこれだけ。それで君が欲しい幸せを目いっぱい体験できるようになる」

「そうなんですね。風水とかも運をコントロールできますか？」

「悪くはない。でも、道具や外に頼るな！　自分の中で人生は創るものだ！」

「ですよね、はい。分かりました」

「それでね。気分が良い状態って、波動でいうとどんな状態か？　分かる？」

「高くて強い波動ですか？」

「そう、その状態だと、君はその瞬間、理想のパラレルワールドにワープする」

「だから、運が良いことが起こるわけですね」

「そういうこと！」

「じゃ、気分を指標にしたらいいんですね」

「そう　話が通じやすくなったな」

「ありがとうございます」

「気分を言い換えると、感情！ね」

彼は、急に僕に向けてピースした。

「ピースじゃない。感情は二種類しかないよって話だ。気分が良いか、気分が悪いか、たったこれだけなんだ。この感情をナビゲーションにして、選択するんだよ」

「気分良い方を選ぶ！ということですね」

「そう。私たちはもうスーカーの仲だな」

「ツーカーですか」

「それそれ、ツーカー。ま、元々同一人物だから当然といえば当然だな。で、君の努力や才能、知識や経験が足りなくて上手くいかなかったわけじゃないってことがこれで分かったかな？」

「はい！」

と僕は元気よく返事しながら、頭の中でそのことを再度噛み砕き、牛のように反すうしていた。

そうか、僕は気分が良くないほうを選んだり、気分が悪い時に無理して動いたり、感情というナビゲーションを無視して選択してきた結果、辛い思いをしてきたということなんだ。そうだよな。がんだって本音を無視して、嫌なほうを選んで進んできた結果だ！って彼が言っていたもんな。彼は続けた。

「そうよー。気分が良い状態でいることを心がけていたら、自ずと理想のパラレルワールドに移動して、運が良いことが起こる。それを世間では引き寄せと呼んでいるけど、引き寄せたと言うより欲しいものがある世界に自らが移動していったってことだよ。みんなこのパラレルワールドの仕組みを理解してないから、引き寄せ！と表現してるのかもね。分かった？」

「はい。分かりました」

「良かったよ。じゃ寝るぞ。もう9時だ」

「毎回思ってたんですけど、寝るの早くないですか？」

「君、おばかちゃん。睡眠時間をしっかり取ることが、波動を高く強く保つ上で一番大切なことなんだ」

「そうなんですか。こんなに盛り上がってるのに」

「うるさい。何があっても、ここは譲らん。それじゃあ、おやすみ」

そう言って、彼はいつも通り台所のほうに消えてしまった。僕は彼ともっと話がしたい！もっといろんなことが知りたい！と心の底から思っていたから、ちょっぴり寂しかった。でも、今の僕にはやりたいことがある。

そう思い、ノートを広げた。そしてがんになったことで楽になったことを書き出す。書こうとした……。ん！ 待てよー。調和だ、調和！ うん、調和が先だ。まずは坐禅をして、それからノートを書こう。今夜は、目いっぱい感謝のエネルギーを感じられる状態になった自分で、ノートを書くことにした。

そして次の日の朝早く。

「綺麗だなぁー。おはよう！ 早く起きてこっちに来てみろ。ほら、朝日だ」

という彼の声が目覚ましだった。

普段、目覚ましの音は不快の一言だった。でも、彼が僕に呼びかける声は不思議と心地よく、なおかつ、なんともいえない希望を感じてパッと目を覚ますことができた。

そして僕はベッドからサッと起き上がる。今まで感じていた身体の重さや気持ちの悪さもなく、めまいさえ起きなかった。

「わっー、ほんと、綺麗だっ」

「どうだ。頭、スッキリしてるだろ」

「はい。え？　まだ5時ですか？」

こんなに早起きしたのは、久しぶりだな。そして、こんなに綺麗な朝日は、高校生の頃以来だな。そんなことを考えながら、朝日を見つめた。

「な、君の心が変わったから、いや、元の自分に戻ってきたから、そんなに綺麗に見えるんだよ。そして、早寝早起きのおかげだ。君は、パラレルワールドをワープしたんだよ」

「はい。こんなに気持ちの良い朝も久しぶりです」

「良かったな」

「ありがとうございます。ビール飲みます？」

何か彼にお礼がしたくなってそう聞いてみたが、彼は笑いながら、「朝から飲むほど飲兵衛じゃないよ」と言って、眩しそうに目を細めた。

時間管理

「最近、早寝早起きに慣れてきたみたいだね」

「はい。おかげさまで。今朝みたいに清々しい朝を味わえるようになりました」

「以前の君は不安や苦しみで、いつまでも布団を被っていたけど、その時間はもったいない。

時間は有限だ。君の肉体の生命だって、有限だしね。生命というものは時間だ。瞬間と言う一コマを思いっきり生きて、その一コマ一コマをどれだけ味わうか。それが生命の長さだ」

「はい」

「今日は時間の優先順位について、話をしよう。君、がんになる前、一番優先順位が高かったものはなんだった？」

僕はがんになる前の記憶を辿った。そして、

「そうですね、やっぱり仕事です」

と答えると、彼は、

「そうなんだー、じゃその次を当ててやるよ。一人で寂しく飲んでマイナスなことを考える時間だろ⁉」

と、笑顔で言ってきた。

確かに僕はそうだった。別に大切ではなかったけれど、まるで呪いをかけられたように、一人でビールを飲みながら、嫌だったこと、悲しかったこと、そんなマイナスなことばかり考えるのに時間を使っていた。そして、そんなマイナスの呪いは寝る時間を削ってまで、頭の中を駆け巡り、結果、しっかりとした睡眠なんて取れなかった。またしても彼は僕の心に侵入してこう言った。

「分かる、分かるよ君ー。そして波動は弱く、低くなり、朝起きても君の脳みそは長い夜の間

にマイナスを探せ！という君の指示を受け、必死にマイナスの心配事や現象を探し続けた。だから君は運の悪い、波動が低くて弱いパラレルワールドの世界にワープを繰り返した。どんどんとその運の悪さは加速して、余命一カ月というところまで追い込まれた。あーなんと美しいストーリーなんだ！」

　彼は泣きまねをしてみせる。

「いや、美しくないです。確かに寝ても覚めてもとは、こんなことを言うんでしょうね。常に嫌なことばっかりが頭の中でループして、気分の悪い朝を毎日毎日迎えてました」

「それは辛かったね」

「はい」

「だから、余計に寝る時間を真っ先に決めていかないといけないんだよ！　なおかつ気分良く寝る！ということを、寝る前にコントロールする必要がある。良い夢を見たいだろ？」

「はい。悪夢ばかりを見てましたから」

「かわいそうになぁー。よちよち、良い子良い子。よく生きてました」

　自分と同じ顔をした彼に頭を撫でられる。嬉しいような気持ちの悪いような、なんともいえない感情だ。彼は僕の頭から手を離すと、そのまま人さし指を立てて横に振った。

「だからこそ、まず、一番優先順位を高く設定する必要があるのは～。ジャジャーン、す・い・み・ん。そう、睡眠なんだよ！　はい、ご一緒にっー」

「睡眠！」

「ご唱和、ありがとうございます」

今日も彼は楽しそうだった。僕がぽかんとしていると、彼は人さし指を突き出し、こう言った。

「い〜い？　まずは必ず睡眠時間を八時間取ることだ。そして、君の一日は十六時間として考えること」

「はい！」

と返事しながら、どんなに話が盛り上がっていても彼が九時までには帰る理由が、やっとハッキリした。彼は自分が身につけてきたことを僕に教えているんだ。そして、それが彼の今の幸せを創ったからこそ、自信を持って教えてくれているんだと、彼の教えが僕の中でますます高いところに位置付けされた。

「そこの君、何をニタニタしてるんだい。しっかり聞いてよ！」

と言い、彼は、

「その次だけど！」

と、また話し始めた。

「次は何に時間を使うと決める？」

「そうですね」

僕は一瞬考えて、すぐに答えを出した。

「今度こそは仕事ですよね」

「死ねばよかったのに」

「ひどいですよ」

どうやら僕の考えは間違えていたらしい。

「あのさ君！　そうやって、自分のための時間を使わなかったから、死にかけたんだよ。まだ、分からないの？　君が生きてる世界で一番大切なのは？」

「人間関係？」

「ブブーッ」

「お金」

「ブブーッ」

「健康」

「ブーーーーーッ!!!」

僕の回答はことごとく外れた。

「やっぱり君は死ね」

彼は胸の前で大きなばつ印をつくったまま、僕にそう言った。

「嫌です。人生は死んだら終わりでしょう。あ、そうか。一番大切なもの、それは僕自身の生命ですね」

「ピンポンっ！　君が生きてるこの世で一番大切なもの。それは君の生命だ！　だから、君の生命のために時間を優先するのは当たり前だろ。だから真っ先に睡眠。そして、生命より大切な仕事なんて、この世には存在しない！　そうすると、次につくらなきゃいけない時間。それは自分のために使う時間だ！　誰にも邪魔されず、一人で自分を見つめ直す時間！　心のお勉強タイムね。その大切な時間を君は悩むことに使ってた。本当にもったいないと思う。

でもね、自分のために使う時間が大切だからって言っても、それは自分一人のために生きろ！ってことじゃないよ。一流の人間は独り者が多かったり、結婚していても別居が多いようなデータがあったけどさ。それはねぇ、実は一流のデータじゃないんだよ。二流のデータだ。一流なら他人に愛され、他人を愛し、細く長くじゃなく太く長い人間関係をつくりなよ！って思わない？」

「思います」

「だよね。自分の精神状態でいっぱいいっぱいなんだから、それは二流だ。他人に振り回されず、自分の成長が他人の喜びや幸せにつながるためにも、自分を見つめる時間が必要で、もし自分だけのために一人の時間が必要だっていうなら、孤独に生きておけばいい。お金を持って、一人で悠々自適に暮らすのが一流じゃない」

ここまで話して、彼は一旦自分の世界に帰った。

そして夕方。髪型を変えて再びスーッと現れた。

「いやー、ごめんごめん。美容室を予約してたのを忘れてて」

そう言いながら、ソファに腰を下ろした途端、

「そうだ、あのね。いいことを教えるよ」

僕はすかさず、

「ビール用意します」

と言って台所へ向かった。

「おっ！　気が利くね」

「はい。パターンを覚えました」

「あははは。嬉しいよ」

「それで、いいことってなんですか」

ジョッキに注いだ、彼好みの泡の少ないビールをテーブルに置く。そして、よしこれで話の続きが聞けると思い、彼の言葉を待っていると、

「あ、忘れた」

と彼は呟いた。

「え！」

「忘れた。最近さー、左脳をあまり活躍させてないもんだから、今、話そうとしたことをぺっ？カッ？だっけ」

「ポッとですね」

「そうポッと忘れちゃったわけ。で、ひどい時は忘れたことさえも忘れてる。ま、不便はないから別にいいんだけどね」

彼はケラケラと笑った。

「いや、僕はお預け状態で、モヤモヤしてます」

「あっー！」

突然の大声に、反射的に体がビクッと跳ねた。

「どうしたんですか？　思い出しましたか？」

「いや、買ったビールを冷蔵庫に入れないで来てしまった。参ったな」

「はぁー、そっち」

「あっ！　思い出した。忘れないうちに、早く聞いて」

「早く、良い話ってなんですか？」

「違うだろ。良いことってなんですか？だろ」

「変なところは覚えてるんですね」

「大事なところだよ」

と笑って、彼はやっと本題に入った。

「いいかー、君。今までくだらないことにいっぱい悩んできてさ。それを解決するために何か行動して実際に解決したことって何度くらいある？」

「そう言われると、あまりないような気がします」

「だろ？　でも、そんな悩んだことでさえ、なかったかのように生きてきたろ」

「確かに……」

その時は眠れないほど悩んでいたはずなのに、今じゃ、そんなこともあったっけな?とおぼろげにしか覚えていない。

「だから、悩むだけ時間の無駄なのよ」

「なるほど、ほんとそうかもしれませんね」

「何言ってるの。そうかもじゃなくて、実際そうなんだよ。君ーいつか必ず死ぬよ。もしかしたら、明日の朝には冷たくなってるかもしれないよ」

「縁起でもないこと言わないでください」

「じゃ生きてる！って確信あるか？」

「ありますよ」

「変なところは自信家だな。余命一カ月って言われてたくせに。根拠のない自信は悪くないけど。でもさ、じゃぁー一年後はぜーったいに生きてる確信はあるか？　君は末期がんって言われたんだよ」

「そう言われると、少し自信はないですね」

「そう、生きてる確信なんてないだろ。人生って何が起きるか分からないからね。本当に一年後には、死んでるかもしれない。生命の時間って分からないのよ。なのにさ、悩むことに時間を取られてたら、幸せになるために使う時間が減るってことだよね。時間は有限なんだからさ」

「そうですね」

「ほら、今までの時間、もったいなかったろ。悩みに時間使って人生が良いほうに行けば良いけど、そんなことはないんだから。考える！ということと悩むことを混同しないようにね」

「はい。これからはそうします」

「じゃー、君は課題があるから、君が寝るのが遅くならないように今日はもう帰るよ。おやすみー」

と言いながら、今日切ったばかりの髪が落ち着かないのか、少しだけ短くなった前髪をかき上げながら彼は消えていった。

考えるな！　感じるんだ！

「いやー、ウルトラマン、カッコよかったねー」

と、デパートの屋上で開かれていたウルトラマンショーを見て大満足の彼は、

「牛タンも美味かった。幸せ〜。今度は福助に行ってみようよ。仙台の名店ガイドブックに載っ

てたよ。写真見ただけだけど、あれは絶対に旨いだろ。でも、電車って疲れるね。今度は車で連れてってよ」

いつもよりテンションが高いのか、普段より少しだけ早口で喋りながら、今朝シーツを替えてビシッとベッドメイキングした僕のベッドに横になった。

「おーっ、気持ち良いね。やっぱりさ、綺麗にするって波動上がって気持ち良いねー。世の中ではさ、幸せになるために！とか、成功者になるために！とか、健康になるには！とか、まーいろいろとデータを元にして、あーだこーだと言うけど、そんなもの当てにはならないよな」

「そうなんですか？」

「だって、百パーセントじゃないだろ。みんなが欲しいのは、誰がやってもそうなる！という百パーセントの答えなんじゃないの？」

「確かにそうですが、そんなものがあれば、それは本当に嬉しいですよね」

「だろー。君、そんなものない！と思ってるだろ」

「え……はい。例えば血液検査をして、腫瘍マーカーでこの項目が高いと、必ずここががん！なんてあり得ませんからね。臨床検査技師をやっていた経験上、統計だとかデータで百パーセントのものは存在しないと思っています」

「あー、ネガティブ男め」

「だってそうでしょう」

「確かに君が言う通りだ。人生を幸せに生きようとする中で百パーセントというものはない。あるならば、人間は死ぬ！という確率だけだな」

「ほらね。成功する百パーセントの方法なんて、やっぱりないでしょう」

「ネガティブなことには積極的だな」

彼はベッドから起き上がり、

「実はそれがあるんだよな〜」

と、自慢げに言った。

「左脳人間の世界にはないけど、宇宙には絶対幸せになる方法が用意されてるんだよ。聞きたい？」

「もちろん、そんなものが本当にあるなら聞きたいですよ」

「あのねー、その答えは幸せだ！と思うことだよ」

「え！」

「君さー、今、ガクッとしたよね。ずっこけたよね」

もっとすごい答えを聞ける！と期待していた僕は、あまりにも単純な答えに肩透かしを食った。

「だって、今が幸せじゃないのに、僕が幸せだと思っただけで、幸せになれるんですか？」

「まー落ち着け、不幸者よ。では不幸者の君に聞こうじゃないか。がんになって君は不幸だったか？」

「はい。とても辛い思いをしたので不幸だと思いました」

「その不幸は辛かったからなんだな」

「そうです」

「じゃあ、なぜ辛かったんだ」

「それは体調が悪いし、将来が不安だったからですよ」

「体調が悪いと辛くて、辛いと不幸なんだな」

「はい」

「そうか。やっぱり君は死ねばよかったのに」

「嫌です。せっかく回復してきたのに」

「じゃ、今は幸せか」

「はい。幸せに感じるときもあれば、将来のことを思って少し不安になって、不幸な気分になるときもあります」

「君の話を聞いてると、不幸にも幸せにも理由があるんだね？」

「それは当然でしょう」

「なぜ当然なんだ？　なぜ、幸せと感じることに理由がいるんだ？　目の前に女の子がいて、その子に一目惚れした。その理由は？　目が二重でパッチリしてて、ウエストがキュッと締まってスタイルが良くてとか？　一瞬にして、好きになる理由を考えるのか？　そんなことを考えて好きになったのか？

違うだろ。感じたんだろ？　夜空の満天の星を見て、太陽の光が反射して輝く大海原を見て、萌えるような紅葉を見て、スパイシーなカレーを目の前にして、ピンクに染まった百合の花の香りを嗅いで、うわーし・あ・わ・せ。最高だなって、キラキラキラッとなるだろ。

君は理由がないと感動しないのか？　幸福感を感じないのか？　そこに理由が必要なのか？　幸せってな、考えるものじゃない、感じるものだ！　誰かが橋から飛び降りようとしているのを見て、助ける理由を考えるのか？　とっさに動くだろ。ま、君ほどの筋金入りの左脳人間は、人が目の前で死にそうになっていても、考えるのかもしれないけどな。僕がこの人を助ける理由はなんだろうか？　とか。おばかよね」

「いやー、さすがに僕も何も考えずにパッと動くと思います」

「自信ないだろ。ないよな？　助けられなかったらどうしよう。反発されたらどうしよう。そんなことを考えて動けないほうに一票」

そう言われると自分でもそんな気がしてきて、反論の言葉が出てこない。

「いいか。好きだと思うのも、嫌いだと思うのも、幸せと思うのも、不幸と思うのも、全て理由は要らない。自分がそう感じてる。ただそれだけでいいはずだ。左脳を使って生きるように飼い慣らされた結果、その感じるだけでいいはずの幸福感をわざわざ理由をつけて、理由がないと幸せではない！　こんなふうにならないと、こんな状態でないと幸せではない！　だから、目標を立てて、それを達成しないといけない。

そんなふうに思うようになったんだよ。いいかー。目標立てるのはいいけど、その目標を達成するのは今、今、今の繰り返しだろ。今の喜びが未来の喜びを創ってるわけだ。本当の目標とはなー。いいか。耳の穴、全開にして、よーく聞けよ。今を喜びの中で生きることなんだ。決まったな！」

と彼はポーズを取った。彼は自分の言葉に陶酔していた。

そんな彼を尻目に、僕は彼の言った言葉について考えた。彼が言うように、僕は何をするにも必ず理由をつけていた。彼が言う。「考えるな！　感じるんだ！と言うフレーズはブルース・リーも言ってたな。本来は黙っていたって、心の中にワクワク感や幸福感が湧き上がるのが人間なんだよな。だけど、左脳優位に生きてる人間にはその感覚を感じる力が弱くなってる！」

と彼は言う。

「でもさ重症患者の君のために、少しフォローするよ。さっきは幸せに理由なんて要らないと言ったけど、今の君の段階では理由も必要かもね。それを喜びが湧き上がる体質に戻せるようにしてあげようか」

「え、そんな魔法みたいなこと、できるんですか？」

「できますとも。簡単にね。それに君はもう体験してるだろ？」

「あ！そう、ザ・坐禅！」

本当だ。確かに坐禅を始めてから、僕はフッと、幸福感というか、言葉にはできない、なにか安心感みたいなものが湧いてくるのを感じることがある。そして気分がスッキリして、身体も軽くなってると思う。そうか。幸せって、そうやってフッと湧いてくる感覚を感じて、そこに幸福感を感じる。それだけで良かったんだ。今の僕の心を読んだ彼は、

「左脳人間の君がやっと、坐禅と私の素晴らしい導きで右脳を使えるようになったということだな。私の指導のおかげだな！　な！　な！　なっ〜」と同意を求めて、いや、強制してきた。

「あ、はい。そうです。その通りです。ありがとうございます」

「いやいや、私の指導は、それは確かに素晴らしいものだけど、ま、あえて言うなら、君の素直さがこの成果につながった！と少しだけ付け加えよう」

時々、彼は本気なのか冗談なのか、こんなふうになる。僕は少し照れ臭くなって、もう一度、

「ありがとうございます」

と小さな声で呟いた。

パラレルワールドをワープする方法

「私はねー、実はパラレルワールドを意識的にワープできる方法を発見したんだよ。そこまで

パラレルワールドを解明してるんだけど、知りたい?」

「もちろんですよ」

彼の話に、僕は食い気味に返事をした。

「えっー、教えたくないなぁー、もったいないないなー」

彼はソファに座りながら、体を左右に揺らしている。

「君さー、それを教えると他の人に自慢したくなって、ホイホイと教えそうじゃーん」

「大丈夫です。僕は口が堅いんです」

「頭が固いのは知ってるけど、口が堅いのは知らないなぁ〜」

「そんな意地悪しないで教えてくださいよ。それ、何か呪文を唱えたりするんですか? ちちんぷいぷい!とか、マハリクマハリタ、ルルルルルーとか、呪文を唱えたら、理想が叶うパラレルワールドにシュッと移動するとかですか?」

と言って、僕は自分のボキャブラリーの低さに恥ずかしくなった。どうか、ここを彼に突っ込まれないようにと願っていたが……。

「君さー、それ、サリーちゃん? 魔法使いサリーでしょう」

と、案の定ニタニタしながら、突っ込んできた。

「すみません。古いですよね」

「え! 古い? 僕の世界では、今やってるよ! 大人気アニメだよ」

「ええええっ！」

やっぱりパラレルワールドが違うといろんなことが違うんだっ。サリーちゃんが新しいならこれもきっと流行ってるだろうと、変な勢いに乗って、

「そうですよね。古くないですよね。テクマクマヤコン、テクマクマヤコン、このアパートがお城になーれ、とかねぇ」

と興奮気味に言うと、

「何それ」

と無視された。

秘密のアッコちゃんは流行ってないのか？　と、ホームランバーアイスの当たりを期待して買って、上のほうに文字が書いてあるから、絶対にホームランだ！と喜んで食べたら、なんと一塁打だった時くらい、期待が外れた。うーん、このたとえも伝わらないのかな。僕が一人でそんなことを考えていると、彼は姿勢を正して口を開いた。

「例えばさー、君が三カ月後に何か叶えたい理想があるとするだろう」

「はい」

「そうすると君は、その叶ったパラレルワールドに波動を合わせて、ワープしてそれを叶えてるわけなんだよ。決して、君がその波動のまま、その欲しい現象をここに引き寄せているわけじゃない。そんなことは不可能だからね。君の波動が高く、強くなれば、パラレルワールドを

ワープする。このことは以前も話したから、もう分かってると思うけど、大丈夫かな？」

「はい」

「しかし、パラレルワールドを移動したからといって、君の欲しい現象があるパラレルワールドにワープできたとは限らない。でも、今より間違いなく運が良く、楽しい世界ではある」

「じゃあ、例えば僕が真っ赤なポルシェが欲しいと思っていて、波動を高く、強くして、パラレルワールドをワープしても、そのポルシェが手に入る世界には行けないってことですか」

「そうだよ。手に入るかもしれないし、手に入らないかもしれない」

「そうなんですか。つまらないですね」

パラレルワールドも万能ではないのかと、少しがっかりしてしまう。

「君、それは普通にワープしたらということで、真っ赤なポルシェを手に入れられるパラレルワールドにワープする方法はあるよ。それについては、また、後でそのやり方を教える」

僕は思わず
「ヤッホー」

と、叫んでいた。そんなことができたら、人生がめちゃくちゃ楽しくなる！　そう思って気分がルンルン状態だった。

「まず、後で教える方法と、実はもう一つ方法がある！」

「そうか。それがさっき話してくれた、暗号を使ってワープする方法なんですね」

「そういうことだよ。例えば、君は真っ赤なポルシェを手に入れたい。そして、既にそれが叶っているパラレルワールドで生活している別の君が存在しているかを探す。そして、もし真っ赤なポルシェを手に入れてる別の君がいたら、その彼やその世界の波動を読み取って、私がそれを暗号化し、それを君にプレゼントする。そうするとね、君の波動は変わり、真っ赤なポルシェを手に入れている世界にワープする」

まだ、彼の話を聞いているだけなのに、僕は身体の奥が熱くなって、自分が既にそのパラレルワールドに移動したんじゃないかとワクワクした。

「いやまだ移動してないよ！」

と、僕の心を読み取った彼がサラッと言った。

膨らんでいた期待はパンと弾けて、心から消えた。でも、その暗号を見つけてもらったら、簡単に理想のパラレルワールドにワープできるということなんだよね。それを考えると、やっぱり僕は期待が膨らんで、一人でニヤニヤしてしまう。

「それってもう実現しているんですか？」

「してるから教えてるんだろー　将来、君はこの方法を身につけて、たくさんの人たちに感謝されると思うよ」

「やったー。それってノーベル賞ものですよね。だって、だって、それをやってもらったら、みんなが幸せになれるわけですよね。ですよね？」

「まーそういうことになるね。でさ、ノーベル賞って何？」

「え、あなたの世界にはノーベル賞ってないんですか？」

「うん、ないよ」

「そうなんだ」

ということは、ノーベル賞ってあまり良いものではなかったということかー。ふむふむ。そんなことはいいか。それで、

「あのー」

と切り出した。

「ダメよ」

僕は、まだ何も言ってないのに、頼もうとしたことを読まれて
「ダメよ」

と彼に言われてしまう。

「ダメですか」

「そ、ダメ。君は自力で人生を理想通りにできるようになりなさい。自力でパラレルワールドをワープしなさいよ」

「はーい」

とは言ったけど、彼はケチだなぁー。減るものじゃないのに、ぱぱっとやってくれればいいじゃ

ないかと、かなりの不満でイジケていた。

「もう八時過ぎたから、私は帰って寝るよ！　君も課題をしっかり済ませて、早く寝るんだよ。くれぐれも不満を持ったまま眠らないように」

あ〜釘を刺された。全てお見通しだなと思いながら、

「はい。おやすみなさい」

と明るく返事をした。

彼はリビングの部屋のほぼ中央付近でスーッと消えた。

パラレルワールド2

しばらく、彼は来ていなかった。彼の声を聞かないと、なんとなく物足りない一日になる。もっとパラレルワールドのことを知りたいなぁ。そんなことを考えてたら、

「あー、今日はビールは要らないよ。札幌クラシックを持参したからね。ツマミも刺身を持ってきたよ」

と、手にたくさんの荷物を持った彼が、目の前にパッと現れた。

「食べるか？　漁師の息子だから、君も刺身好きだもんな」

「ありがとうございます。大好きです」

久しぶりの彼との会話に、心がウキウキと踊り出す。

「おっ！　このブリ、旨いぞ、食べてみな。時期外れなんだけど、ギリギリセーフ。身割れしてないし」

「わっ！　本当ですね。このブリ、脂が乗ってて旨いですね。どこのブリですか？」

「ブリは氷見と決まってるだろ。ついでにノドグロも買ってきた。クロムツとアカムツがあるけど、黒かと思えば、アカムツがノドグロって言うらしいぞ。クロムツはスズキの仲間、アカムツはホタルジャコの仲間。全く他人だって。知ってた？」

「全く知りません」

「私も知らなかった。こっちのマグロも旨いぞ」

彼の勧めてくれるものを次々と口へ運ぶ。その味に舌鼓を打ちながら、彼の話を聞いた。

「これは、大間の本マグロだ。山本さんが釣ったマグロだよ。食った、食った、食った！　あいやぁー、の山本さんだ。知ってるだろ？」

「はい。知ってます。大間のマグロ一本釣り漁師ですね」

「そう！　こっちのイカは五島のアオリイカ。五島じゃ、水イカって言ってたよね。うちでは一晩に百キロくらい獲ったりしてたなぁ」

「懐かしいですね」

「甘くて旨いよね」

「旨いです。懐かしい味ですね」

「泣くなよ」

「泣いてません」

「泣いてる」

僕はこっそりと涙を拭うと、彼に、

「それで、僕もっとパラレルワールドの話を聞きたいです」

と言った。話を逸らしたなと茶化されるかと思ったが、彼は、

「おーっ、そうだったな」

と言って話し始めた。そんな彼の優しさに、また目が潤んだ。

「私たちはね。瞬間瞬間でパラレルワールドを移動し続けている。目の前の選択をする時、気分が良くなったり悪くなったりするたびに、波動が上がったり下がったりして、その波動に合ったパラレルワールドにパッと移動する。そのスピードは目でも捉えきれないほど高速だ。そうやって、別の世界に瞬間移動している。

前も話したと思うけど、パラレルワールドっていうのはね、今の平行世界だけじゃないんだよ。未来も過去も、パラレルワールドって既にあって、分かりやすく言うとね、平行世界は横に移動だろ。それが前後とかにも移動するような感じでとらえてくれればいいかな。

ちなみに、パラレルワールドをワープしても風景とかが変わらないのは、移動する距離が近

くだからその変化に気がつかないんだ。でも大きく移動すると、今まで嫌だった人がすごく優しくなったり、いつも混んでいて駐車できないところが目の前でパッと空いて駐車できるとか、今までじゃあり得ない現象が普通に起こるようになる。こんな時、みんなラッキーと叫ぶんだ。君も叫ぶだろ？　ガッツポーズしてさ」

「いや、ガッツポーズはしません」

「しろよ！　すれば、またパラレルワールドを大きく移動して、次のラッキーが起こるんだ。それを偶然に良いことが起きたように感じるだろうけど、偶然じゃない。望んでたことが起きる世界に移動したのだから当然のことだよ。大葉買ってこようか」

「え？」

「アオリイカを巻いて食べてみたいじゃん。あ、伊豆天城産の真妻ワサビ持ってきたのに、こんなチューブのワサビで食べてた。参ったね。ほら、真妻ワサビ。かじってみろ」

彼は僕の目の前にワサビを差し出した。

「嘘でしょ。嫌ですよ」

「大丈夫だよ。擦らないと辛くないから」

「う〜」

僕がかじらないと、いつまでたっても彼はこのやりとりを終わらせないと思ったので、嫌々ワサビにかじりついた。

「あ、ほんとだ……辛くない！」

「だろ！　葉っぱのほうを切って、そっちから擦りおろすんだよ。おーっ、やっぱり旨いなー。幸せっていいだろ。この瞬間も二人で違うパラレルワールドにワープしたんだよ。感じるのが先。そしてパラレルワールドをワープ。あー幸せだなーと、また感じる。この幸せ、なんと有り難いことか！と感謝すると、またワープする。次から次へとパラレルワールドを理想の世界にワープする。ワープは最初はゆっくりだけど、そのうち加速する。そして、信じられない現実が人生を包んでくれる」

「そんなふうにこの世は作られていたんですね」

あーなんて幸せなんだろう。僕はマグロと一緒に幸せも噛み締めた。

「有り難いだろ」

彼の言葉に頷く。

「パラレルワールドの移動の法則をしっかり身につけるんだよ」

「はい」

僕は幸せでいっぱいだった。

第4章

パラレルワールドのルール

鳥籠のルール

僕は、三月二十九日に余命一カ月と告げられて、ゴールデンウィークを迎えていた。余命宣告を受けた時は、まさか自分が？　何かの間違いであってほしいと願った。その時は身体が抜け殻のように感じて目の前が真っ暗になった。

でも今では、あれは悪い夢を見ていたのかも！と思えるほど体調が良くなった。彼から教わった坐禅とノートも、かなり気分良くできるようになった。何より、一日の中でその気分の良い時間が増えたように感じていた。家の天井の木目を眺めていると、その模様がムンクの叫びのように見えてきて一人でニヤニヤとしてしまう。

さて、そろそろ何かをしなきゃダメだな。そう思えるくらいに気分は上がっていた。

自分の今後の人生について考える。せっかくの人生だ。またお金や見栄のために、どこかに勤めるのはあり得ないと思った。でも、いったい僕に何ができるのだろうか？　できるとしたら、健康に関係することくらいかな。そんな考えを、パラレルワールドから来た彼は否定した。

「よーっ、ただ今。君、君、またよからぬことを考えてましたね」

と言いながら、シミのついたふすまを開けて、今日も突然現れた。

「そんな考え方のまま、仕事を再開したら、また死にかけるよ。いや、今度こそ本当に死ぬかもねぇ。わー見ものだねぇ！」

と言いながら、彼はソファに深く腰を下ろした。僕は時々、この人の首を絞めたくなる。

「何がダメなんですか？」

「それがダメ」

「え？」

「ほら、君さー、こうしなきゃダメっていつも考えるじゃない。そろそろ仕事を始めなきゃダメだなぁーって言ってたでしょう」

「そうか。僕は当たり前のように、こうしなきゃダメって思う癖がついてしまってるんだ」

「そう。君は常に鳥籠の中で生きてるような感じだな。その籠の中のルールに縛られてて、そのルールを守らないとエサあげないよ！って脅されて、仕方なくルールを守り続けてきた。そんな生活が長く続いたから、当たり前のようにそのルールの中でしか物事を考えきれない。残念だよ君ー。そのルールの中では自分らしさなんて存在できないよ。自分らしさを縛りつけられたら、誰だって苦しくてさー、そりゃ喜ぶ人生なんて体験できないさ。分かるかな、そのポンコツ頭でさ」

「今日はポンコツ頭ですか」

彼はいつも言葉を変えて、僕のことをからかった。

「あのねー、君に質問だけど、そのルールを破るとどうなると思う？　交通ルールや法律を破れって話じゃなくて、心を縛り上げているルールだよ。こうしなきゃダメ、こうするべき、そんな感じで、自分が本当はそうは思っていないのに、無理やり、常識的に振る舞おうとする。そんなルールを破ると、どうなる？っていう質問だよ。その硬いトンカチ頭でも分かるくらい簡単に質問したけど、分かる？」

今度はトンカチ頭ときた。

「それは……楽になると思います。だって本当は、本心ではそうしたい、自由になりたいと思ってますから」

「だよね、トンカチ」

本当にこの人はドSだ。

「そう、ドSだよ」

「聞こえてたの？」

「しっかり聞こえたさ。あのね、君ー、なんで私がこんなドSに振る舞うか分かる？」

「僕のためですか」

「違うよ。楽しいからだ。あははは」

そう言って彼は心底楽しそうに笑った。

「あのね。私の中に君がいる。君は私の一部であり、私を創っている。それと同じように君の中にも私がいる。だから君の存在が無ければ、今の私はもう少しダメ男だと思う。君のダメなところは、私の中にも存在している。君の成長は、私の成長でもあるんだ。君をよく知り、君を受け入れることは、私が私を受け入れるということだ。だから、君の存在価値は私の存在価値と全く同じなんだよ。愛の告白じゃないからな。トンカチ頭には、この感覚はちょっと難しいか」

「いいえ。なんだか胸が熱くなりました」

「ほーっ、胸焼けか。あははは。なんとなくでも感じてもらえたようで嬉しいよ。で、さっきの続きいくよ」

「はい」

「鳥籠のルールで、自分が本当はそうは思っていないのに、無理やり、常識的に振る舞おうとする。そのルールを破ったら、どうなる？って質問に、君は、自由になるって答えたよね」

「はい。本心では破りたいと思ってますし。でも」

「でも、なんだ？」

「周りがみんな、そのルールを大切にして生きているから」

「だから、その空気を読んで、ルールを仕方なく守ってるってことか」

「はい」

「じゃあ、聞くけど、そのルールを守っている鳥籠の中の人たちは幸せそうか？」

「いいえ。みんなイライラしてたり、攻撃的だったり、それとは逆に寂しそうな人や心を完全に閉ざしてる人もいます」

「鳥籠から出てみたらどうなんだ?」

「え?」

「自由に羽ばたくことを選ぶのも有りだよ!と言ってるんだよ」

「自由に羽ばたく……」

「そう。人間みんな、その権利を持って生まれてきたんだよ。いや、そのために生まれてきた!というほうが正しいのかもな、宇宙には唯一のルールというものがあるらしい」

「なんですか?」

「それは全ての存在に自由という権利があり、誰もそれを奪うことはしてはいけない!というルール」

「自由って、宇宙のルールなんですね。自由、いいですね」

「いいだろ」

「あなたを見ていて、自由だな、楽しそうだな、幸せそうだな、といつも感じてました。うらやましいです」

「そうか。そう思ってくれていたなら、良かったよ。いいか。私ができて、君ができない。そんな世界はないんだよ。誰かができているんだから。誰にでもできるという証拠だよ。学校の一つのクラスを考えてみな。一人ずつのけものにしたり、いじめたりしながら、自分たちが仲間だという空気を創って、いじめの中から安心を確保しようとしている。いじめられる人も反抗をしないで、黙っていじめられる側にいる。いじめを止める側に立つと、自分もいじめられる。だから誰も止めない。そうして、いつの間にか暗黙のルールがクラスに蔓延し、誰もそのルールを破らなくなる。それが鳥籠の中に生きる人間たちだ。

でも、いじめる側も、止めたいと思う側も、いじめられる側も本当はみんな苦しいんだよ。自分の本心じゃないから、鳥籠の中が息苦しくて、みんな自分らしく生きられなくて、辛くて辛くて、どこかにそのストレスエネルギーを発散しないと、ますます変になってしまうような危機感を感じてる。だけどそのエネルギーは、さらに間違えた行動に向かわせる。本当は、その鳥籠から出て自分らしく羽ばたけばいいだけなんだけど。学校全体も大きな鳥籠だから、子どもたちの自由を受け入れてくれない。本当に子どもたちがかわいそうだよ。でも、それは大人になって会社に勤めても、全く同じことが起きている。

どこに行っても、いくつになっても鳥籠は存在している。そんな世界の中で、どう心を自由にして、喜びの中で自分らしく生きるかって、結局は自分次第ってことなんじゃないかな。覚悟を決めて、勇気を持って、自分を生きる！って決めない限り、自由はないということだよ。そんな自由な考え方を身につけていきながら、次、何をしたいのか？と考えていこう。何かをしなきゃダメという考え方は、もう捨てちゃえよ。な」

彼の手が僕の右肩に添えられた。

「はい。そんな考え方を自然にできるような自分になります」

「そうだね」

彼は満足そうに笑っていた。

諦めさせられた夢

「おはよう」

「おはようございます」

彼は今日も台所から現れた。でも、いつもと少し違ったのは、彼が手に見覚えのないてんとう虫のようなタイマーを持っているところだ。なんだろうと思いつつ、

「あれ？　カーテン変えたの？」

という彼の言葉で、それがなんなのか聞くタイミングを逃してしまう。

「はい、変えました。よく分かりましたね」

「分かるだろ。白黒のボーダーのカーテンが黄色の花柄になったのを見逃す人間がいるか？大体さー、なんでカーテンがボーダーなの。ストライプなら分かるけどさ。いや、待て、待て、待てよー。白黒のストライプじゃ、葬式みたいだもんな。笑っちゃうね」

「あははは、確かにそうですね。家の中が葬式会場は嫌ですよ。花柄で気分転換です」

「よこしまな男だったってことだな。子どもの頃は素直だったのにね。そういえばさー」

流れるようにばかにされた気がしたが、彼に反論しても無駄だということも学習していたので、僕はおとなしく彼の話の続きを待った。

「私たちがまだ小さい頃、周りの大人から、大きくなったら何になりたいの？って聞かれたことあったよな」

「はい、ありました」

僕はヒーローになって世界を救いたい！って答えたら、それは無理だと言われて、すごくショックだったのを大人になった今でも覚えている。懐かしいなーなんて思っていると、僕の心を読んだのか、彼が、

「大人は得意なんだ。無理、無理、無理！って、無理の三連発がさ」

と、少し怒ったように言った。

「なんで三回なんでしょうか？」

「さあ、リズムが良いのかね。しかし、腹立つよな。三回も言うなんて、じゃぁ〜聞くなよって思うよな。だけど大人たちに聞いてみろ。ヒーローやったことあるの？って。きっとみんなこういうはずだ。そんなわけないでしょう、ってな。じゃあ、大人たちはやったこともないくせに、なぜ無理だと分かるんだ？　チャレンジして失敗したから、それは無理だよって忠告してくれるなら少しは分かるけど、チャレンジもせずやったこともない人間が、無理！の三連発。

そうやって大人たちは、子どもの可能性を摘み取っていく。大人たちは自信をなくして、自分が傷つかないよう、ミノムシのように身を隠して生きているんだ。だから、子どもたちの自信を奪って、仲間作りをする。そんな親や大人が多い。私たちもそうやって、子どもの頃に無理無理無理と言われ続け、じゃぁ、どうしたらいいんだろうか?と未来が見えなくなって、希望を考える力を摘み取られた。あーあ、あの時邪魔されなかったらなあ。今頃私たちだって、悪い怪獣から世界を救うヒーローだったのにねえ。シュワッチ!」

彼は誰もが知っているであろう、ウルトラマンのポーズをとった。

「え、怪獣? それウルトラマン?」

「もちろんウルトラマンだよ」

「あなたはウルトラマンになるのが夢だったのですか?」

「そうだよ。当たり前だろ」

「無理、無理、無理」

僕は思わず無理の三連発を口にしていた。言ってみると、なるほど確かにこれはリズムがいいな、なんて変なところで納得してしまう。

「無理って三回も言うな。シュワッチ。空を飛んで、怪獣をやっつける。ピコピコピコ。てんとう虫のタイマーが鳴った。うん、もう三分だ。ラーメン食べなきゃ」

……このためのてんとう虫だったらしい。彼はカップ麺の蓋を開け、中をのぞくと、

「美味そ〜」

と声を上げた。というか、いつの間にカップ麺を作ったのか。台所から出てきた時には、もうラーメンにお湯を注いでたのか？　てっきり、彼はカップ麺なんて食べないもんだと思っていた。

「あのー、でもそれ身体に悪いでしょう？」

ズズズっと音を立てながら麺を啜っている彼に、尋ねた。

「ばか言ってるんじゃないよ。成分がどうの？とかより、旨い！ありがとう！って思って食べることのほうが大事だろ。あれはダメ、これはダメ、それもイヤ、こうしなきゃダメ、そんなこと考えてるから、がんになったんだろ！　たまにはこんなものも食べたくなるさ。食べたいんだから、全力で、旨い！　有り難いなーって思って食べるほうがいいに決まってる。君さー、くだらない大人になったな。御愁傷様。白黒のストライプのカーテン用意するよ」

「僕、まだ生きてますよ」

「生きているなら、もっとイキイキと自分らしく自由に生きろよ。君は盆栽か！　あー凡才だったな。ははは。上手い！　今のは傑作だ！　ありがとう！」

彼は急に立ち上がって、誰もいない部屋を見渡しながら手を振った。

「あのー、何を一人で盛り上がってるんですか？」

「君も乗れよ」

僕の反応が気に食わなかったのか、またソファに座ると、カップ麺を啜り始めた。

「盆栽は、人にいじくりまわされて、大きくもなれず、真っすぐ伸びたくても曲げられ、針金で縛られて、自由を奪われる。他人の目を気にしてデザインされるんだ。人間も盆栽と同じだな。本来人間っていうのはさ、一人一人がみんな違うものなんだ。違っていい。いや、その違いこそが魅力なんだ。

みんな同じ価値観で生きていたら、その顔は要らないよ。人類全て、同じお面を被って生きればいい。名前も必要ないね。囚人のように数字で呼べばいい。いいか、人間の魂は一つのエネルギー体から分離してきた。だから元は同じ。でもね、身体に入る前にその一つ一つの魂には個性が生まれて、それが人類全てに、顔も体型も違うその身体に入った。だから、同じ人間は一人として存在しない。そこに生まれる価値観もみんな違うはずなのに、一つの価値観にまとめられ、そこから外れるとばかだと言われ、のけものにされる。

そうやって、人の夢や理想をもぎ取って、夢も希望もない人生を送らせようとしてきた。それがこの社会構造だ！　今まで誰もそんなことを、不思議にさえ思わず、それを幸せと思っていた。しかし、自殺者、精神疾患、あらゆる肉体の病気、経済的不安や束縛、人間関係のトラブルや悩みなどの増加を見れば、本当はもうみんないっぱいいっぱいで、心が苦しくてたまらない！ということが分かるだろ。だから世界にはウルトラマンが必要なんだよ」

「え、笑うところですか？」

「ばか。なるほど、そうですよねって納得するところだよ。言っておくけど、こんな立派なスピーチなかなか聞けないよ」

そう言って彼は、空になったカップ麺をテーブルに置き、ごちそうさまでしたと手を合わせた。この人は本気でウルトラマンになろうとしてるのだろうか？　でも、同じ人間だから、そのイメージはなんとなく分かるような気がするけど……。

「私がウルトラマンになりたいって思ってたのは、子どもの頃だよ」

彼が僕の心の声に返事をくれた。

「大人になって分かったんだ。ヒーローが活躍するということは、悪者が必要だってね。そして、誰かを悪者にしたら自分も悪者にされる！ってことも知ったのよ。君のその空っぽな頭で分かるかな？　自分が正義だとか正しいとか叫べば、周りは間違いでおばかさんって言っているようなものだろ。結果、周りは敵だらけになって、そのまま奈落に落ちていくよ。君も正義感強いから、気をつけるんだよ」

「はい」

「みんなさー、そのままでいいんだよ。人に変われって言うのはさ、チューリップにバラになれ！って言うようなものだろ。梅に桜になれって言ったって無理だろ。みんなもっと自分を受け入れて、周りの人のこともそのまま受け入れてあげたら、梅が桜になろうなんて考えないだろうね」

「そうですね。本当にそうですね」

僕は窓から見える梅の木を眺めながら、彼の言葉に大きく頷いた。

引き寄せの訓練

五月も半ばだというのに、今日も朝から強い雨が降り肌寒い。てるてる坊主を作って願掛けしたいな。天気が悪いとなんとなく体調も優れない。晴れろー、晴れろー、晴れてくれー。そう強く願いながら、僕が窓の外の止みそうにない雨をにらみつけていると、

「おはよう。良い雨、降ってるね。こんな日はさー、家でゴロゴロして、本を読んだりするのも最高だよね。ルンルンしちゃうねー」

と、彼は今回も満面の笑みで現れた。

「おはようございます」

この人はどんな天気でも嬉しそうだな〜と思い、彼のことを繁々と眺めていたら、

「なんだよぉ〜。そんなにジロジロ見て。私ってそんなにカッコ良い？　サインが欲しいなら並んで並んで！」

と、いつも通り笑っておどけた。

僕が
「天気が悪いとなんだか体調まで悪くなったような気がして、だから早く天気が良くなればい

いなぁと思って、てるてる坊主を作ろうとしてたところなんです」

と言うと、

「そうなんだね。自然まで敵に回そうとする不届き者め！　成敗してやる！　そこになおれ！

首を切り落としてやる！」

と、彼はテレビでみる時代劇のような口調と動きをしてから、目をくわっと見開いて僕を睨んだ。

「いや、僕は天気を敵に回したりしてませんよ」

と言うと、

「君さー、雨が嫌だから天気良くなれ！って思ってたろ」

「はい」

「ほら、今日の天気が気に入らないんでしょ」

と、彼は真剣な顔で話を続けた。

「この前、全てを受け入れないと辛いよって！　教えたろ？　それなのに、まだなんでもかんでも欲しがるんだから……。もうこの子ったら」

と言って、彼は目尻を下げ、僕の頭を撫でてからシャツの胸元のシワを伸ばした。彼の突然の行動、多分ボケなんだろうけど。それに驚いた僕は一瞬ぽかんとしてから、

「お母さんですか？」

となんとかツッコミを入れた。

「そうやってさ、君のいるこの人間界では、なんでもかんでも自分の思い通りにしないと気が済まない。そうやってな、自分の小さなストライクゾーンに環境を無理やり入れるために、君たちは目標を持つ。アイツをこうしないとイライラするとか、コイツより先に出世しないとムカつくだとか。君たちの目標はただのわがままなことが多いよね。だから、叶わない。

そしてそのわがままを達成する道具として、引き寄せだとか、潜在意識だとか、宇宙の法則や鏡の法則もそう、それらを達成するアイテムのように紹介されている。おーっ、なんと嘆かわしいことか」

と、彼は大げさなリアクションで頭を抱えた。そして僕の顔をチラッと見ると、怪しげにニヤッと笑った。僕はその顔を見て、まな板の上に乗せられた魚のような気持ちになる。なんだか嫌な予感がした。

「では、今日は、分かったようで本当はあまり理解できていない成功法則について整理をしてみようかー」

と彼の話が続く。

「成功法則にはいろんな法則があるように思ってるかもしれないけど、言い方が違うだけで中身はみんな同じなんだよ。似たような波動が引き寄せ合ったり、影響しあったりして波動が近くなる。その法則を波動の法則と命名しよう」

「それ、もうあると思いますが」

と言う僕の言葉には耳を貸さずに、

「日本の諺では、類は友を呼ぶ、朱に交われば赤くなる、とかがそれを表していると思う。引き寄せとか言うと、お金が欲しいと思ったら、本人はただ願うだけで、お金が歩いてくるみたいな感じに思うよね」

「えっ！　そんなアホなぁー」

「なんで急に関西弁で突っ込んだの、でも、ナイス突っ込み」

彼がケタケタと笑った。

「例えば､君が道を歩いていて、一万円札が行列作って歩いてるのは見たことないよね。いやー参ったな。こんな雨の日だというのに、三丁目の山本さんに引き寄せられましてねー、みたいな。な、君、そんな光景見たことないだろ？」

「もちろん、ありません」

でも、想像するとちょっと笑えるなぁなんて考える。

「でもさー、お金を引き寄せるって聞くと、なんかそんなふうな解釈をする人もいるかもしれないよね」

「いやー、さすがにそれは無いでしょう」

「そう？　無ければそれでいいけど」

と彼は大笑いした。

今の話はただのギャグなのか？　本気の説明なのか？　理解に苦しんだ。

「要するに、波動の法則ってね、お金が欲しい人間はお金の回りがいいパラレルワールドにワープしてるだけなんだよ。お金が必要と願った人間の波動と、お金の回りが良いパラレルワールドとの波動がマッチして、その人がそのパラレルワールドに移動しただけでね。お金が欲しいなーって願っていたら、本人もビックリするほど急にお金が歩いてくる。いや、集まってくる。要するに、似た波動が近づくってこと。これを私が命名した〝波動の法則〟といって、本当は至極簡単な法則だ。

そこでだ。さっきも言ったけど、問題は、こっちの世界では自分のストライクゾーンに環境を無理やり入れることが目標になってる人が多いということだ。不平不満を解消する薬みたいに使われてるよな。そんな人がだよ。しっかりと理解もしないで、波動の法則を使ってるつもりになってる。その大半は何も得ない。得ないだけならいいが、その法則そのものを否定したり、教えてくれた人を批判する人もいて、本当に残念だ」

そう言って、彼は首を横に振った。

「でも、法則なんですよね？　法則って、万有引力みたいに誰もが同じ体験をするものを法則というんですよね？」

「そうだよ。万有引力は地球の法則だけど、波動の法則は宇宙全てを貫く普遍の法則だ。本来なら誰もが、その目的を達成できるのが、法則というものだ」

「じゃあ、なぜ本気で願っても達成できない人がいるのですか？」

「一般的にはこの波動の法則は、こんなふうに伝えられてると思う。目標を考える。目標を書き出す。達成してるところをイメージする。既に達成したように過去完了形とかでアファメーションする。繰り返す。未来を見る。行動する。良い気分で過ごす。こんな感じだよね」

「そうですね。それ間違いなんですか？」

「いや、間違えてないよ。法則なのになぜ叶わない人がいるのか？と言うと、その理由はいろいろたくさんめっちゃくちゃさまざま……」

「叶わない原因、そんなにたくさんあるんですね……」

「そう、たくさんある。その中でも、大切なものを幾つか説明するよ。まず一番目の目標が叶わない原因。波動の法則は誰の身にも二十四時間働いていて、波動が似たパラレルワールドにワープを繰り返しながら、そこの世界で人生を体験している。これが波動の法則で起こっていることだけど、叶わない人は、欲しいものも欲しくないものも同時に発信しているんだ！

一言で言うと、不安や恐怖、不信感が強いタイプね。どういうことかと言うと、お金持ちになりたい！という目標を立てたとする。その人はなぜお金持ちになりたいのか。はい、その通り」「今、お金が不足しているからです」

という僕の答えも待たず、彼は自分で答えた。

一人二役かと突っ込みたくなったが、いい調子で話しているので、黙って聞くことにする。

そして彼は続けた。

「こんな場合、真面目にアファメーションして、本気でお金持ちになったことをイメージできればいいけど、目標達成には期限をつけろ！なんて言われるだろ。そうすると、その期限が近づくと現実を見て、手元にお金が無い！足りない！と焦るんだ。そんな状態だと、お金持ちになるという波動より、お金が無い！という波動のほうが強烈にその人の波動を創る。

だから、その人は低くて弱いパラレルワールドに移動して、ますますお金に苦しまなければいけない状態になりやすい。頭では、こうなりますように！と願っていても、一方では、そうならなかったらどうしようと不安もある。信じてることのほうが波動は強い。そして恐怖や不安の波動は根深い。波動の強いほうのパラレルワールドに行くか？　二つを混ぜ合わせて生まれた波動の世界に移動するか？　だな。

もう一つ上手くいかない例を挙げようか。それはね、最初にも話したけど、わがままだけを通すための目標だよ。例えば君が、大きな一戸建ての家を建てたいという目標を持った。家を建てるためには、お金も必要、それを支える仕事も必要、融資してくれる銀行、土地を紹介してくれる人、工務店や大工さんとの出会い、いろんなことが必要になってくる。

だから、それなりの良好な波動が必要で、そしてその波動が家を建てられるパラレルワールドにワープさせる。ところが、わがままな目標の場合、自分が正しいと強く信じている世界に他人や出来事を当てはめて生きてると……要するにストライクゾーンが狭い人ね。そんな人は、いつもイライラしてる。いつも怒ってる。さ、そんな人の波動は高いの、低いの？」

「低いと思います」

「そう、正解。そしてその人がストライクゾーンから外れることがさらに増えて、万が一、自信をなくしたら、波動は弱くなる。そんな弱い波動の人が理想を叶えるパラレルワールドにワープするのは不可能だと分かるよね」

「はい。よく分かります」

「だからさー、いつも体調の悪い人は、まず体調から治さないと、痛みや不調のせいで、不安や恐怖とか低くて弱い波動に包まれやすい。もちろん、良いパラレルワールドには移動できない。その人の波動にマッチしたパラレルワールドにワープするんだよ。

では、高確率で目標を叶えるにはどうしたらいいのか？ということだけど、基本的なことを言えば、ワープするには望む世界をずっと意識し続ける、それだけなんだけどね。人間って取り越し苦労する人が多いでしょう。だから、なかなか叶わない。ネガティブなことばっかり意識する人が、いきなり理想ばかりを意識するって難しいだろ。欲しい欲しいって強く思うと、それは逆に不足感を強く出す。だから常に理想を意識できて、叶うという自信が大事ってことになる」

「自信って、理想の世界を意識し続けられない人のために必要なことなのですね？」

「そうだね。自信をつけるには、簡単に言えば、訓練して自信をつけるということだよ。頭だけで分かっていても、それじゃダメなんだよ。身体で覚えないとね。いいかい？　棒高跳びしたことある？」

「ないです」

「そう。じゃハンマー投げは？」

「ないです」

「室伏浩二知らないの？」

「知ってます」

「もちろん、インディアカはやったことあるよね？」

「ないです」

「エキストリームアイロニングは？」

「全く知りません。もっとメジャーなスポーツを言ってください」

「君、何もしたことないんだな。遅れてるな。あははは。で、ほら、今みたいに聞いたこともやったこともないスポーツを勉強で教わったり、本で読んだだけでできる？」

「いえ、無理です」

「だろー。だからさ。今まで成功体験もなく、幸せをめっちゃ味わった経験もない人間が、いきなり引き寄せの方法を教わって、できると思う？」

「難しいですね」

「そうなのよ。筋肉もできてないのに、いきなり、ストロングマンコンテストに出るようなものだ！」

「ストロングマンコンテスト？　あのー、もっとメジャーなたとえをお願いします」

「胃腸の弱い山根くんが、フードファイトに出るくらい無謀なんだよ。これなら分かる？」

「山根くん？　ちびまる子ちゃんの友達の山根くん？」

「そう！　正解。静岡の清水にいるんだよ。会ったことある？」

「ありませんよー」

「君、投げやりだなー。あ、もしかして投げやり、やったことある？」

「ありません」

「つまらんやつめ。今のは笑うところだろ。だから、人生苦労するんだぞ」

彼は笑いに厳しいらしい。初めて会った時から、僕はよくダメ出しをくらっている。

「それでね。何事も体験することが大事なんだよ。それが自信をつける方法。こんなこと言われなくても分かることだけど、肝心な話は後半に続く」

「そのフレーズは、ちびまる子ちゃんの……」

「なんちゃってね。法則は確かに誰の身にも二十四時間、働いてる。ただ、それが自分の人生の道にどう効果的に働いてくれるか？は、体験の回数に影響されるんだよ。波動を使いこなすために、自信をつける経験が必要なんだ。何をするにも自信って大事だろー。自信が波動をコントロールするための根本よ。

でも君たちは、枝葉に咲く花の美しさや果実の甘美に誘われて、そこばっかり見ては欲望丸出しでヨダレを垂らして欲しがってる。それなら命がけで、そこだけを見続ければいいのに、ダメだったらどうしよう、本当にこれでうまくいくのか？　こんなふうにいつも中途半端なんだよ。そうすると、引き寄せられないことを引き寄せ続ける！　願いもしてない不幸なパラレルワールドにビューンと移動する。ジャンジャンだよ。そこでさー、実践して味わうのよ」

「実践とか体験って、何か具体的なやり方とかあるんですか？」

「もちろんあるよ。なきゃ、こんな話を振らないよ。君たちこっちの世界の人はさ、夢は？目標は？って聞かれると、デッカい特別なことばっかりを並べ立てるだろ。ポルシェが欲しい。タワーマンションに住みたい。女優の〇〇ちゃんと結婚したい。海外旅行に行きたい。英語を話せるようになりたい。クルーザーが欲しい。世界一周の船の旅がしたい。まー浅ましい。君がどんな夢を持ってもいいけど。そんな夢を、いったい、なんで欲しいのかってことは考えたことある？　なんのためにそんな夢を思ったの？」

彼に尋ねられたことを、自分の過去を振り返って考えてみた。

「漠然と、こうなりたいなこう言うことが起きればいいなと、ただ頭に浮かんだことを目標だと思う程度で、なんのためにその夢や目標を叶えたいのか？とか、あまり深く考えたことはありません。でも今、改めてなんのためかって聞かれると、んーそうですね……。喜びたいからでしょうか」

「そう。君、君、君、珍しく素晴らしいね」

　彼は興奮しながら僕を褒めた。

「そう。自分が喜びたいから、自分を喜ばせたいから、幸せを感じたいから、だよね！　異論ある？」

「ありません」

「だよね。あったら殴るよ！」

と言いながら、彼は拳を口の前に持っていき、はーはーと息をかけて僕を威嚇した。昔、よく母ちゃんがやっていたのを思い出した。彼はますます、目をキラキラと光らせ、話を続けた。

「君の夢は、形はいろいろあっても、欲しいことはたったの一つ。それは喜びたいから！」

なるほど！と、今までもつれていた夢の糸がほどかれた！　そんな感じがした。僕は喜びたくて夢や理想を考えていたんだ。

「そう、そうなんだよ。青少年。じゃー青少年」

「いや〜青少年じゃ……」

と突っ込みたかったが、それより今は彼の話が気になる。

「君は喜びたくて夢を実現したいわけだ。そのために引き寄せだとかを必死に勉強し、実践してきた。そこで聞くけど、寒い朝に一杯の味噌汁を飲んだ時、幸せだと感じないのか？　仕事の休憩で飲むお茶に喜びは感じないのか？　一日が終わって飲むビールに幸福感は覚えないのか？　だって君さー、幸せや喜びが欲しかったんだろ？　幸福感に浸りたかったんだろ。なのにさー、世界一周の船の旅じゃないと幸せだと感じないの？　その夢も、幸せや喜びを感じたくて目標にしたんだよね。

だいたいさー。夢に大きいも小さいもないだろ。どっちも喜びそのものだろ。それにね、どんな夢を達成しても、しばらくしたら、冷めるよ。達成した時に出るドーパミンというホルモンはさー、割と早く消えるんだよ。そうすると君は、また、新たな目標を達成しなきゃ、幸福感に包まれないってことになるよ。そうやって、目標を達成することそのものが目標のようになって、本来、喜ぶために目標を掲げたことさえ忘れて、馬車馬のように倒れるまで必死に走る。いつ達成できるか分からない。達成できないかもしれない。達成してもすぐに消える喜び。そんなもののためにさ、今、目の前にある無数の喜びを見逃していたら、もったいなくないか？

そもそも、今を楽しめない人間が将来、突然、楽しめる人間になれると思う？　一年後に笑って生活をするために、今は歯を食いしばって頑張るんだ！なんてばかなことを言う人がいるけどさ。今日笑えない人は一年後も笑えないよ。一年後もやっぱり歯を食いしばって生活してる。そのうち食いしばる歯も無くなる。実践が必要って、さっき、室伏浩二さんが言ってたろ？」

「え？　言ったのは、あなたでしょう」

「そうだっけ？　君って細かいよな。まあ、そんなことはどうでもいいんだ。私が言いたいのは引き寄せは頭で勉強してもダメってこと。実践しなきゃいけないんだ。その実践で一番に体験したいことは喜びを感じること。それが夢が叶ったってことだろ。一杯のお茶。湯気の中にたくさんの具が見えて、あー、幸せって飲む豚汁。一日が全部終わってから飲む締めのビール。望んでいたから、ビールを飲む体験ができた。夢が叶った瞬間だろ。喜び満載じゃないか。目の前に起きること全てが君が欲しがっていたことだよ。万歳三唱くらいしなよ。

だいたいさー、感謝が足りないから、普段体験してる幸せを喜べないんだよな。こんなに目の前で嫌というほど叶っているものを当たり前にスルーして、どデカいことだけが夢だと勘違いしてさ。デッカい夢はさ、小さい喜びの積み重ねなんだよ。そうやってパラレルワールドを移動するんだよ。目の前で起きる、当たり前だと思っていたことも、君が喜ぶことで波動が変わり、パラレルワールドを移動する。今、目の前で起きる一つ一つを味わうだけで幸せなパラレルワールドに移動できる。

超簡単！　もっと付け加えるなら、嫌なことも君が選んだんだから、それも夢が叶ったということよ。君の人生は君の思った通りに順調に進んでいる。ただできることなら、君の好きなほうを叶えて生きてほしい」

確かにそうだと思った。彼の言う通りだ。夢に大きいも小さいもないよな。喜びを味わうために夢を実現したいと思ってきたけど、毎日実現している小さな出来事を見逃していた。僕はたくさんの喜ぶチャンスを捨てていたんだ。

「お、君〜、分かったかな。オシッコが出た！　それだって当たり前じゃないよ。できなくて困ってる人だって、たくさんいてさー、苦しがってるんだよ。君はがんになっても、オシッコできるでしょう。幸せじゃないか。今日からオシッコがでたら、喜びの舞を踊りながらトイレから出てきなさい。分かったね、幸せ者よ」

オシッコしたら幸せの舞、踊りながらトイレから出てくる。忘れないように頭の中で繰り返す。

「了解しました」

「あれ、反発しないの？　突っ込まないの？　君、熱でもあるの？」

彼は僕のおでこに手を当てて、うーん、熱はないみたいだけど、と僕の顔を覗き込んだ。彼はどんなにまじめなすごい話でも必ずギャグをぶち込んでくる。でもそれが感情の動きを伴って強く記憶に残る。そのギャグで、その時に話してくれた大切な内容を検索できるような気さえしていた。

「あー、もう帰る時間だけど、一つだけ追加ね」

彼は僕から距離を取ると、体を翻ししゃべりながら台所のほうへと歩き出した。

「さっき、ドーパミンと言うホルモンの話をしたよね。ドーパミンっていうのは目標を達成した時に出る幸せホルモンなんだけど、割と早く消えるとも言ったよね。でも、一度出たら、なかなか消えない幸せホルモンがあるんだよ。それはまた今度教えるね。じゃ、おやすみー」

門限の厳しい家で育ったOLさんのように、彼はそこまで言って帰っていった。部屋の時計を見ると八時四十二分だった。今日もしっかり九時前だ。そう思いながら、僕は坐禅の準備に取り掛かった。

第5章

いざ、パラレルワールドへ

宮城から静岡へワープ

「やーっ、ごきげんよう」

「おはようございます」

今日の彼は玄関から現れた。上下ともに、ダレーンとした耳の長い犬のブランドで身を包んでいた。

「その犬のマーク、可愛いですね」

僕は彼の服を指さして言った。

「あーこれ？　この犬はね、バセットハウンドという犬らしいよ」

左胸に巨大な犬の刺繍がされた緑のポロシャツにグレーのパンツ。いつものド派手なスーツに比べたら、随分とラフな格好だが、服の生地や色合いからどことなく上品さがにじみ出ていて、本当にオシャレな人だなーと感心しながら僕は彼の服をマジマジと眺めた。ふとブランド名も聞いてみようと思ったが、きっと彼はブランド名までは知らないだろうから、聞くのをやめた。

「どうぞ、上がってください」

彼がいつまでたっても玄関に立っているので、部屋に入るよう促した。すると彼は、

「いや、ここでいいよ」

と、僕に手のひらを見せてから、

「この前さー、波動の法則の話が長くなりすぎて、最後バタバタと大切なことを途中にして帰っちゃったから、今日はその話をしようと思ってね」

と続けた。

「でもその前に、大切な用事がある！」

「なんでしょうか？」

と尋ねると、唐突に彼は、

「静岡に行こう！」

と楽しそうな顔で言った。あまりにも唐突な内容に僕は思わず、

「え？」

と、聞き返した。

「聞こえなかったの？静岡に行こう」

「え？　今からですか？」

「そっ！　今から」

僕は時計を見る。針は午前十時五十二分を指していた。

「だって、もう十一時になりますよ。今から静岡まで行っても、今日帰ってこれるか、分かり

ませんよ」

「大丈夫！　パッと行ってサッと帰ってくるから」

「そんなメチャクチャな……新幹線で片道四時間くらいかかりますよ」

「いいから、ほら、早く着替えなよ」と急かされて、僕は仕方なく急いで身支度を済ませた。

「それで、静岡のどこに行くんですか？」

「三カ所行きたいところがあるんだ。花屋さんに、富士山に浜名湖！」

「えーっ、一日では無理ですよ」

「あのねー、私が君のところにどうやって移動してきてるか知ってる？」

そう言われて、ハッとした。まさか、この人、瞬間移動で静岡に行くと言うのだろうか。でも、その場合、僕はどうしたらいいんだろう。僕だけ新幹線で移動するのかな。そんなことを考えていたら、彼は僕に玄関に来るように言った。

「さ、靴履いて」

そして、狭い玄関で、

「ほら」

と、彼が手を差し出した。まさか、僕も一緒に瞬間移動するわけ？と僕は焦った。次元というべきなのか、空間というべきなのか、とにかく宮城県から静岡県に瞬間移動だなんて、僕は一人でパニックになっていた。

「絶対に手を離すんじゃないよ！」

彼がそう言った直後、僕たちの周りの雰囲気が徐々に変わり始めた。坐禅が絶好調にできてる時、自分の中やその周りのエネルギーが変わることが、本当に稀だけどある。それの行列バージョンという感じになった。

そして、目の前の空間がチラチラと光りだしたと思った瞬間、僕の身体はこの世では感じたことのない鮮やかな色でできた球体に包まれ、そのままフワーッと宙に浮いた。僕の身体は大きさを全く感じなかった。いや、あるのかないのかさえ意識できなかったと言ったほうが正しいかもしれない。そして、気がつくと僕は別の場所に立っていた。

「着いたよ、静岡」

静岡……。宮城とは違う空気に、本当に瞬間移動したんだと感じた。

「ここは静岡のどこですか？」

あたりをキョロキョロしながら、彼に聞いてみる。

「分からないよー。目的地は静岡県の花屋さん、ってことだけを意識してワープしたから。どこなんだろうね。花屋さん、ないんじゃない？」

「ここ、スーパーの駐車場ですよ」

目の前にはたくさんの車が停めてあって、一階建てのスーパーらしき建物の、あまり人けの無いところに移動していた。

「ま、入ってみるか」

と、彼が歩き出した。

「静岡の花屋さんって意識をしたら、ここに移動したわけですよね。地図もナビも無くてですよね」

「うん。そう。自分に近い波動か、縁のある人の店に移動したってことだよ」

「あ、波動の法則かー」

「そういうこと、失敗ないでしょう」

なるほど！と思いながら、店内に入った。

「あった、花屋さんだ」

スーパーに入ってすぐ左に、雰囲気の良い花屋さんがあった。少しカールがかかったショートカットの綺麗な女性は、広い作業用のテーブルで花をラッピングしている。店の右奥の冷蔵庫の前では、背の高い、若い頃はモテただろうと思われる男性が、壁に掛けたドライフラワーの傾きを直していた。店の玄関に、花だよりという看板があった。

「すみません。花をください」

と彼が声を掛けると、ショートカットの女性が作業の手を止めて笑顔で出て来てくれた。僕は花屋さんで花を買ったことなんてなかったので、ドキドキしていた。きっと、彼は花屋さんとかも慣れてるんだろうなーと思いながら、二人のやりとりを聞いていた。

「プレゼントですか？」

「えぇ」

「奥様に？」

「いや、富士山に」

「え？」

「富士山っていうほうに……ですか？」

「マウント富士です」

この怪しさ満載の彼にも、その女性は笑顔で対応してくれたので、なんとか花束を購入することができた。

「いやー、花屋さんって初めて入ったけどさー。店の中にいるだけで癒やされるね。また来ようっと」

そんな彼の言葉に、初めてだったんだと驚きつつ、僕もまた来たいなと思った。

ルンルンとスキップしてご機嫌に店を出ると、彼は、

「よっーし。いざ、富士山へ！」

と、大きな声で言った。人目をしのんで、彼と手をつなぐと、またあの球体の不思議な世界に包まれた。

次の瞬間、僕たちは富士山の頂上にある浅間神社の裏にいた。そして、二人は同時に両手を

合わせ、神社に向かって深々とお辞儀をした。彼は、さっき花屋さんで買ってきた花束を地面に置き、小声で何かを呟いていたが、聞き取ることはできなかった。おそらく、富士山の神様にごあいさつをしていたのだと思う。そして、また、移動。浜名湖の舘山寺に着いた。

「さー食べよー。ウナギだ、ウナギだ、今日はウナギ祭りだー」

と、彼は異様なほどハイテンションだった。

彼に連れられ、浜名湖のすぐそばにある舘山寺園というお店に入った。犬連れのお客さんが外のデッキでウナギを食べていた。僕たちは外の席がいっぱいだったので、お店の中で浜名湖を見ながら、うな重をごちそうになった。

「ひゃー、ウナギってさー、本当に旨いよね」

帰り道、彼の手にはテイクアウトしたウナギ弁当の袋が二人分ぶら下がっていた。

「さて、帰るよ」

また、二人は球体のエネルギーに包まれ、宮城のアパートのリビングに移動した。誰もいないアパートに帰ったのに、あまりにも気分が良くて、

「ただいま」

と、思わず声に出てしまった。

「あーーー、靴っ」

毎回、彼がいろんな場所から現れるのは、彼の大雑把な性格のせいなんだと、その時、確信

した。

「楽しかったなー、旨かったなー、花屋さん癒やされたなー、富士山綺麗だったなー」

いつの間に靴を脱いだのだろう。彼はソファに腰掛けて、先ほどまでの出来事に浸っていた。

「君さー、将来、静岡の富士山が見えるところで仕事できたらいいね」

「そうですね、そうなったら最高ですね」

彼は僕のその返事に満面の笑みを浮かべた。

今日の彼はいつにも増して、大興奮だった。

幸せホルモン

「な、これが喜び。そしてこの時に出てるのが幸せホルモンなんだよ」

彼は心の底から幸せそうな顔をして、そう言った。

「前にも話したけど、左脳右脳のバランス、そして魂と肉体のバランスが良い状態、つまり調和がとれてる状態の時に、私たちの感情は『あーー気持ち良いとなる』。その時に、肉体では幸せホルモンがドバドバと出ている。そのホルモンのおかげで気分が良いと感じているってことなんだよ。でもさ、この前話したドーパミンは目標達成した時に出て、少したつと消えてしまうって言ったよね」

ちゃんと覚えてますよ、という意味もこめて、僕は縦に首を振った。

「それは、幸福感は長くは続かないということなんだ。で、ここからがこの前の続きね。実はながーく続く幸せホルモンもあるんだよ。その名前がドドドドドッー」彼はドラムを叩くまねをしながら「オ・キ・シ・ト・シ・ン、オキシトシン。はーい。ご一緒に」と声を張り上げながら、僕を指さした。

「オキシトシン!」

僕も彼のテンションに釣られてしまって、一緒に声を張り上げた。自分でも驚いて、思わず苦笑いしてしまう。

「このオキシトシンはねー、愛情ホルモンとか絆ホルモンと言われてて、赤ちゃんのためにオッパイあげたり抱っこしたりする時に大量に出るんだよ。そして幸福感を得る。まー、誰かのために何か良いことをしてあげたりすると出るということだな。そして愛が深まり、絆が深まる。それでさ、今日富士山に花をプレゼントしたでしょう。今の私、オキシトシンがドバドバだよ」

「え、対人間じゃなくても出るんですか?」

「そうさ。飼ってる犬にエサをあげたり、頭を撫でたりすると、犬も喜ぶけど人間も喜んでるだろ。そんな時にドバドバよー。観葉植物とか花とか育てても同じ。オキシトシンがドバドバ出てるわけ。あーそうか。だから、花屋さんの波動があんなに心地良かったのかー」と、彼は一人で納得していた。

「だからね、幸せになるためにはドーパミンもいいけどさ、オキシトシンがドバドバ出るほうが波動の変化は大きいし、長く続くということだよ。つまり個人的な目標よりも、自分と、そして他の誰かも喜ぶようなものだと幸せなパラレルワールドへ移動しやすいってことになるよね。分かったかな、少年よ。君も私みたいに立派な大人になりなさい」

僕は、

「はい！」

と、勢いよく返事した。この後、二人は静岡の話やワープの話題で盛り上がった。そして夕方、彼が買ってきたウナギ弁当を食べ、解散となった。

「今日は本当に楽しかったなー、じゃーそろそろ帰るよ。おやすみ」

「おやすみなさい。ありがとうございました」

彼はソファの横に裏替えしに置いていたらしい靴を左手に持って、リビングから消えていった。

第6章

現在《いま》を生きる

波動

長く続いた雨もあがり、五月晴れとなった。赤く染まる夕日を眺めながら、久しぶりに買い物に出かけた。買い物途中、急に下腹部に激痛が走って、しばらくスーパーのトイレにこもった。でもなかなか下腹部の痛みは治らず、僕はお腹を押さえて帰ってきた。家の駐車場に車を止めて、玄関のドアを開けた瞬間、

「お帰り。あれ、どうした。顔が悪いぞ！」

誰もいないはずの家から、彼がひょっこりと顔を出した。

「顔色でしょう。こんな体調悪い時、ギャグはやめてくださいよ」

「あははは。ごめん、ごめん。君は相変わらずいい男だよ」

自分と同じ顔に向かって、そのセリフは恥ずかしくないのかなと思ったが、今はそんなことにつっこんでいる余裕はない。

「で、お腹痛いのか？」

「そうなんですよ。スーパーで急に下腹部に激痛が走って」

「そう。うーん」

小さく唸りながら、彼は目を閉じた。どうしてだろう。上手く説明はできないのだけれど、

彼は目を閉じたまま、僕の身体を見ているようだった。三十秒ほど玄関に立ったまま彼を待っていると、

「なるほど」

そう言って彼が目を開けた。その目には何かを理解した！というような確信めいたものが感じられた。

「まず、家に入ろうか」

そう言って、彼は腕を支えてくれた。そのまま僕はベッドまで連れて行かれ、横になるようにと指示される。おとなしく彼に従うと、彼の治療？が始まった。

「これはがんの問題じゃない。肉体的でもないな。異次元的な問題だ。分かりやすく言うと、障りよ。さ、わ、り。障り。知ってる？」

「霊障みたいなものですか？」

「そそ！　そんな感じよ。障りっていうのはねえ、波動の違う低いものが自分に近づいたり、入ってきたりして、その波動を受け入れることを無意識にキャッチして拒んだ結果、肉体がブロック状態や戦いモードになって筋肉を固め、血流やリンパの流れが悪くなって感じる身体の状態のことを言うんだよ。今までも無数にこんなことあったろ？」

「はい。僕はこんなふうに訳もわからず痛くなったり気持ち悪くなったりすることが、今までも頻繁にありました。どうしたらこんなふうにならなくて済むんでしょうか？　どうしたら楽

になれますか？　教えてください」

　僕がベッドから体を起こそうとすると、

「そのまま動かないで」

と、彼に動きを止められる。

「まず、今は私が楽にしてやるよ。苦しいだろうからね」

「お願いします」

　すると彼は、私の下腹部と腰の付近に手を置いた。その数秒後、すーっと痛みが引いて消えていった。

「どうだい、楽になったろ？」

「はい。さっきまでの痛みが嘘のように消えました。何をしたんですか？」

「波動を変えて、パラレルワールドをワープした」

「え⁉　どういうことですか？」

　僕はガバッと起き上がると、彼に向き合った。

「まー、おいおいと順を追って、話していくから、そう焦るなよ」

　彼は僕を宥めるように、肩をぽんぽんと二回叩いた。

「あの、さっき気になったんですけど、神さまとかも障りは受けるんですか？」

「受けない」

「どうしてですか？」

「そこが分かれば、君も障りを受けなくなる！と言いたいところだけど、正しくは受けづらくなるだけだ。でも、今までより、かなり軽くはなるよ」

そう前置きしてから、彼は話し始めた。

「神さまはね、全てが自分の世界だから、自分から障りを受けないでしょう。でも人間の場合は、自分の障りを受けることが頻繁にある。それは自家中毒！（ケトン血漿嘔吐症～ストレス、過労、感染症などから起こる）という、自分のマイナスの考えに自分が具合悪くする状態ね。ということは、その考え方は自分のものではないという証拠になる、これが人間界ではすごくもてはやされていて、努力と呼ばれている。

努力とは、本音ではそう思わないのに、仕方ないから嫌々やることを言うんだ。君が得意なやつね。そして努力した結果、体調を悪くしている。神さまが障りを受けないのに、人間は受ける。なぜ、人間は障りを受けるのか？　それは自分の波動範囲、価値観と言ってもいいが、この幅を決め込んでいるからだよ。

それは無意識に入力されている。そこに好き嫌いが生まれるわけだけど、本来、好き嫌いさえ神さまにはない。全てを受け入れるということは、この世に存在する全ての波動の幅を持っているということになる。全てを受け入れてる。全てを許してるということだ。だから、どんな波動と関わっても自分の波動は乱されない。自分の一部として取り込まれるからね。

人間は真面目になればなるほど、この波動の幅、価値観の範囲が狭くなる。その他の波動は許さない、認めない、受け入れない！って具合にね。だから少しの変化に対応できず、体調を崩したり、感情が揺さぶられる。君みたいにな。体質って言うのもあるけど、それは今日は面倒くさいから触れないよ。

全てを認めて許したとき、自分の世界には無数の波動がある。無数の波動は重なったり、打ち消しあったりした結果、一直線のように見える。これを0ポイントフィールドと呼んでいる。それは全てをゼロから生み出す世界。これが神さまそのものなんだ。一直線だから一見何も無いようだけど、そこにはあらゆる種類の波が共存している。狭い決めつけで、ストライクゾーンが狭くなればなるほど、不幸がやってくるってことだよ。神さまの世界、宇宙といってもいいけど、それはその幸せな世界から遠ざかるということになるんだ。理解できた？」

「なんとなくですが、障りを受けなくすることや障りを治すためには、全てを受け入れて、波動を上げる！ということなんですね」

「そう。今日は感覚良いじゃん」

「それで幸せがいっぱいのパラレルワールドにワープするわけですね」

「そう」

「ということはですよ、僕が頻繁に障りで体調を悪くしてたのは、波動が悪かったってことになりますよね」

「そうだね。だから、離婚したりがんになったり、人間関係にトラブったりしたんでしょう?」

「そうか。一生懸命に生きてたのになぁー」

「一生懸命と波動の良しあしは違うからね。自分を殺して、違う方向に一生懸命に進めば進むほど波動は乱れ、下り、弱くなるんだよ。君ー、残念だったねぇ」

本当にこの人には時々イラッとするけど、なぜか憎めない。これが高い波動で自分らしく生きてるという証なのかもなと、なぜか心の奥で納得してしまう。

「そうそう、君の場合ね。障りを受ける原因の大半は生まれつきだよ」

「え! じゃあ僕は、不幸の星の元に生まれたということですか? つまり僕の人生は絶望的」

「いや、違うよ。早合点するな。波動をキャッチするレーダーが生まれつき感度が良いということだよ。不幸の星の元に生まれてはいないから、安心しろよ」

彼のその言葉を聞いて、僕はふうと息を吐いた。

「あー良かった。生きる希望をなくすところでした。あははは」

「君の機嫌はエレベーターみたいに、上がったり下がったり、忙しいねぇ。障りって、普通は波動が下がってるから受けやすいんだけど、君の場合、波動が上がっていても障りをキャッチしちゃうから、他の人より忙しいよ。でもさー、キャッチするだけで、後は右から左に受け流せばいい。チャラちゃっちゃ~チャラララー♪チャラちゃっちゃ~チャラララー♪」彼は自分の前髪をぴっちりと横に流すと、マイクを持っているつもりなのか、拳を口元へ近づけ歌い出した。

「右から右から何かが来てーる、僕はそれを左に受け流す♪　こんな感じだよ」

「はあ……」

今のはなんだったんだろうか。僕が不思議に思っていると、彼はそんな僕には一切触れず、やり切ったぜみたいな顔をして、また話に戻った。

「違う波動が来ても、それを受け入れたら、その波動はトラブルにはならずに素通りしたような感覚になる」

「なるほど、神さまみたいですね」

「そう、でも私もそうしてるから、人間にもできるレベルだ。それを意識して生活してみな」

「はい。やる気が出てきました。ありがとうございます」

僕はベッドから降りて、彼に頭を下げた。

生きる目的

僕の死体?かと思った彼と出会って、二カ月が過ぎようとしていた。彼の指導のおかげで、僕はまだ生きている。一週間前、余命一カ月と死の宣告をされた病院で検査を受けてきた。おかげさまで僕のがんは、ほぼ消滅していた。医者はそれを奇跡だ!と騒いだ。診察室に入った時、好きに生きろ!と言ってくれた医者は、驚きの表情で僕の顔や身体をマジマジと舐めるように見ていた。

「僕は、お化けじゃないですよ。ほら！　短いけど足もあります」

こんなつまらないギャグは彼の影響だな！と、とっさに出た自分の一言にニタニタと口元が緩んでしまう。奇跡だ、奇跡だと、終始医者は騒いでいた。医者の反応は喜びというより、自分の診立てがまさか間違っていたなんてあり得ない、本当に生きてるの？　嘘でしょう、という感じで慌てていたように思えた。

検査して、がんがどうなっているかなんて、今の僕にはもうどうでもよかった。しかし、検査技師だった僕は、そのデータの変化と今の体調を見比べたい衝動にかられて、病院に足を運んだ。全てのデータが正常になっていた。映像的にはがんの残り香が少しある！という程度だった。やった、やったと、心の中で過去を共に生きてきた細胞たちとスキップをしていた。

アパートに帰ると、僕のベッドに腰掛け、もう今日のことを全て知っているだろう彼が、

「よっ！　お帰り」

と、声をかけてきた。

「良かったね。順調だな。もう二カ月になるもんな」

そう言って、まるで自分も幸せでいっぱいというふうに、彼はニコニコと笑いかけてくれた。

「今日は君とパーティーをしようと思って、鯛を仕入れてきたぞ」

彼は台所から大きな発泡スチロールを持ってきた。

「これ、鯛だよ」

「鯛！　あ、鯛ってことはパーティーですか？　でもなんのパーティーだろ。もしかして、僕の全快祝いですか？」

僕は少し、いや期待たっぷりに彼に尋ねた。

「まーそれもあるけどどな。今日はお別れパーティーだ！」

「え！　お別れですか？　嘘でしょう」

「本当だよ。君の考え方も随分変わって、良い波動になったと思う。だから、ここら付近で終わりにしようかと思ってね。明石の鯛を仕入れてきた」

彼はそう言って、僕の目をあまり見ずに、台所に消えた。なんとなく寂しげな声で鼻歌を歌いながら、鯛をさばいているようだった。

別れがあるのか？　この関係をずっと続けるわけにはいかないことは分かっていたけど、いざ、その時が来ると寂しい。

「よっしゃー。ではビール、ビール」

台所から戻ってきた彼は左手で鯛の乗った皿を持ち、右手には二人分のジョッキを持っていた。「さあ、乾杯しよう」

そう言ってジョッキが渡される。

「じゃあ、かんぱーい」

カツン。彼が僕のジョッキに自分のをぶつけてから、天井に向かって高く突き上げた。

「おめでとう!!!」

そう叫ぶと、彼は一気にジョッキを空にした。僕はあまり気が進まず、ちょんと口をつけただけでジョッキをテーブルに置いた。

「ブハーッ、ビール旨いね。ほら、鯛も食べなよ」

と、彼は寂しさを僕に察知されないよう、あえてはしゃいでいるように見えた。鯛は見事な姿造りになっていた。

「こっちが刺身、こっちは皮付きで、皮には隠し包丁を入れて、熱湯をサッとかけた。どうだ、旨いだろ」

僕は鯛の刺身を一切口に運んだ。

「はい。美味しいです」

「ほっぺた落ちるから、気をつけなよ。この前、私の鯛の姿造りを食べて、ほっぺた落っことしたやつがいてさ。みんなで探したよー」

そんないつものギャグにも、精いっぱい明るくしなくてはという彼の優しさがうかがえた。

ああ、彼は僕をこんなに楽しませようとしてくれているんだ。そう思い、そこからは僕もいつも通りとまではいかないが、とても楽しく彼と過ごせた。ワイワイと呑んで話してを繰り返し、顔を赤くした二人の楽しい時間は、あっという間に過ぎていった。

「君もさー」

会話が途切れたところで、彼がこう語り出した。

「いろんなことに気付くたびに、何度も何度もパラレルワールドをワープしてきたよね。ここまできたら、自分一人で私のすぐそばまでパラレルワールドを移動して来れるんじゃないかなと思う。私はこれからも君の手本になれるように、自分の世界に戻って、ますます楽しみながら、理想のパラレルワールドにワープを繰り返そうと思うよ。今夜が君と過ごす最後の夜になるが、最後に一番大切な話をしようと思う」

「はい、いっぱいお願いします」

最後の夜という言葉に、僕は目頭と喉の奥がじんわりと熱くなるのを感じた。

「君はさー、なんのために生きてるの？　もしも今、生きる目的があるのなら聞かせてくれないか？」

「生きる目的ですか？」

「うん」

「実はあなたと出会った当時は、がんを治すことしか考えてなかったです。この苦しみから早く解放されたい。その一心でした」

「うん。その気持ち、知ってたよ。でも君は、それが生きる目的ではなくて、それは目標だ！と気付いたんだろ？」

「はい。この前、あなたの話を聞いて、それは駅で言うと途中の駅で、最終目的駅じゃない！と知りました」

「そう。目的とは最終駅だ」

「僕は医者に余命一カ月と言われた時、ショックというより、生まれて初めて僕は生きている！と感じたんです。変ですよね」

「うん。でも君が変なのは今、始まったことじゃないよ」

彼が隙ありと言わんばかりに僕をからかった。だけど、僕には彼の目は優しさで満ちているように見える。だから僕は笑った。

「そうですよね。人間はいつか必ず死ぬのに、僕はいつまでも死なないかのように、毎日を漫然と、そして不平不満だらけで過ごしてました。でも死の宣告を受けて、今生きているということを実感したんです。僕、変でしょう」

「うん、変。変態だよ。でも、分かるよ」

彼の言葉は、どれも僕の心の奥に溶け込んだ。

「ありがとうございます」

「泣くな」

「泣いてません」

喉が熱くて声が震える。でも伝えなきゃと、鼻をすすってから口を開いた。

「そして、いろいろと死について考えました。故郷長崎から遠く離れたこの東北で、一人死を迎えた時、僕の遺体はどうなるんだろうか？　もしかしたら身体が腐り虫が湧いて、悪臭が漂うまで発見されなかったりして……とか考えたりもしました。

それとも運良く、早めに発見されて、長崎の姉さん夫婦や大阪、名古屋の兄弟が引き取りにきてくれるんだろうか。母親は高齢だから、きっと長崎で遺体の到着を泣きながら待っているんだろうな。宮城県の火葬場で骨にされるのか。それともこの姿で母親と対面できるのだろうか？冷たく痩せ細ったこの姿を、歳とった母親には見せたくはない。かと言って、骨の姿はもっと見せたくない。

そんなことを思いながら、何日も涙で枕を濡らしていました。そして、そんな悲しい思いはいつも一つの場面で停止するんです。それは、葬儀の時、おそらく兄が担当する弔辞の内容でした。こんな弔辞の内容が頭の中でリピートされるんです。

本日は弟の葬儀に参列いただき、誠にありがとうございます。私の弟はいつも夢を見て、常識を無視して生きていました。無鉄砲な弟でしたが、親も私たち兄弟みんなが心の中でその夢が叶うことを願っていました。でも、ばかで勤勉さに欠ける弟は、その夢を叶えるどころか、誰も知らないうちに、遠い東北の地で一人寂しくのたれ死んでしまいました。夢を語るだけで何一つ叶えず、なんの信念もなく、人間としての誇りもなく、簡単に生命を消してしまいました。」

「それは辛いね」

「はい、辛かったです。でも、おかげさまで分かったんです。この弔辞の内容をどう言ってもらいたいのか？　それが僕の生きる目的なんだ！と」

僕は腕で涙を拭うと、彼の目を真っすぐに見つめた。

「おぼろげなんですが、生きる目的とは、死ぬ時に到着していたい駅だと感じたんです。いつか必ず、僕の肉体と魂は離れる。その時を、どんな気持ちで迎えられるのか。

そして、死んだ時、葬儀の弔辞で僕のことをどんな人間だったと言ってもらいたいのか。何を成し遂げたかも大事だけど、それは途中の駅の話で、どんな考え方で、どんな生きざまで生きてきたのか、生きようとしていたのか。僕という存在はどんな存在だったのか。空にぷかぷかと浮かびながら、ニコニコして、胸を張れるような弔辞を聞きたい。そんなことをあなたと出会ってから、考えるようになりました」

「それは素晴らしい！　本来の自分を思い出せたんだね」

僕の言葉に彼は拍手を送ってくれた。

「はい。なんとなく、答えが出ました。あなたのおかげです。離婚の悲しみのおかげです。がんの苦しみのおかげです。ありがとうございます」

彼に向かって頭を下げる。こうして何度、彼に感謝を伝えてきただろう。

「それで、君が自分で答えを出した生きる目的をどうやって達成するか？　よかったらその生き方を聞かせてくれないか？」

「はい」

僕はぱっと顔をあげると、こう言った。

「僕は、人間の姿のまま、神さまを超したい！　こんなおこがましいことを考えました。ただ、生意気な気持ちではないです」

「うん。それは分かるよ」

彼は静かに頷いてくれた。

「僕は、神さまの無償の愛、どこまでも深い感謝の念、全てを認め、全てを許し、全てを受け入れる感覚ってどんなものなのか。その全ての波動を受け入れて、全ての価値観を受け入れて、自分の中に生まれくる感覚を身体全体で体感してみたい。

そして、全ての人、自然、物と一体となっている感覚、全てが自分の一部で、その一部が自分の全てを創っているその感覚を感じたい。最後にその生き方が、誰かの人生に少しでも役に立ったらさらに嬉しいと思う。それが僕のこれからの生き方です！」

僕が話し終わると彼は、

「素晴らしい！　君も生きる目的と生き方をしっかり見つけたな。それがハッキリしたから、何も望まなくても、全てが上手くいくはずだ。それは当然だ。それが魂がやりたかったことなんだから、君の波動は最強になる。だから、君はこれから最高のパラレルワールドにワープを繰り返し続けるだろ。会えてよかったよ」

と言って、手のひらを差し出した。

「僕もあなたに会えて、最高に嬉しいです。本当に感謝しています。ありがとうございます」

彼の手を握りながら、僕は深々と頭を下げた。すると僕が握った手の上に、彼の手が添えられた。彼の温もりに包まれる。手のひらの大きさだって同じはずなのに、彼の手は僕の何倍にも大きく感じた。

「私の方こそ、ありがとう。また、必ず、君のパラレルワールドに登場するよ。その時、泣き言や言い訳で生きてるんじゃないぞ」

彼の優しい目が、もう心配なんてしてないよと言っているようだった。

「はい。もちろんです」

僕は胸を張って答える。

「よし、じゃ、また会おうな」

「はい」

そっと、握っていた手を離す。彼は最後まで笑顔を絶やさなかった。言葉ではいろんな表現をしてきたけど、僕がどんな悪態をつこうが、それでもいつも笑顔だった。優しさに溢れた温かい目でいつも僕を見てくれていた。そんな彼の目が、今夜だけは濡れていた。

「さようなら。ありがとう」

彼は暖かな光に包まれて消えていった。

おわりに

　彼と出会ってから、もう三十年が経とうとしている。その間、僕の人生の転機には、彼は決まってヒーローのようにさっそうと現れた。そして、いつも僕に大切なことを伝えてくれた。初めて僕を瞬間移動で静岡に連れて行った後、彼は僕に
「将来、富士山が見えるところで仕事できたらいいね」

と言っていたが、当時の僕は自衛官時代に、富士山の裾野での楽しくない訓練の記憶があったせいで、富士山に対して良い思い出は全くなかった。職種を変えて、臨床検査技師を養成する自衛隊の学校に入った時、これで富士山を二度と見ないで済む、そう思ってホッとしたことを思い出す。

　彼と不思議な出会いをしてから、彼には本当にたくさんのことを教わった。その教え、導き、笑顔のおかげで、僕は奇跡体験を繰り返しながら、末期がんをわずか数カ月で克服した。

　そして、彼が言った通り、今、僕は静岡県に新しい家族と一緒に移住し、毎日富士山を眺めながら仕事をしている。僕が生まれて初めて心を許した九人のスタッフと共に、『整体マホロバ』という屋号の『～幸せ専門店～』を、毎日楽しく味わうことができている。まさか、彼の言葉がこんな形で実現するとは！　その頃は想像もしていなかった。そして、彼が言ったもう一つ

の予言。この会話が本になる！ということまでこうして現実になった。

僕は、たくさんのトラブルがある世界から、彼の教えにより波動を整えながら、理想のパラレルワールドにワープを繰り返し、そしてやっと皆さんがいるこのパラレルワールドに到着した。長いようで短い充実した時間だった。


この本を手に取って読んでいただくご縁に感謝します。

この本を読まれているあなたは、昔の私より間違いなく幸せな道を歩いています。でも、もしあなたが今、悩みを抱えていたとしても、このパラレルワールドにいるあなたは次のステップで理想の世界にワープして、必ず幸せになれると思います。そんなあなたとご縁して、幸せを響き合わせていけたらと願っています。

出会えて最高です。

つたない文章を最後までお読みいただき、ありがとうございました。

最後に、この本を書き上げるまで惜しみなくご協力を頂きました皆さま、本当にありがとうございました。

■著者略歴

豊 全（ゆうぜん）

1957年長崎県五島生まれ。

自衛隊衛生学校から自衛隊病院を経て、民間の脳外・泌尿器専門病院の検査技師長を務める。

その後、末期がんを患い余命１カ月と宣告される。

そこから「自分らしく生きる」と決断し、末期がんを自力で克服して、平成5年、整体をメインとした幸せの専門店「マホロバ」を立ち上げる。

2023年現在、静岡店、大阪店、イタリアミラノ店の3店舗を経営。

助けてぇーと叫ぶ僕に
パラレルワールドの僕がやってきた
きみさぁ〜、まずそのがん治そうか

2023年８月12日　第１刷発行
2023年11月30日　第２刷発行

著　者　豊 全

発行者　川畑善博

発行所　株式会社 ラグーナ出版
〒892-0847 鹿児島市西千石町3-26-3F
電話 099-219-9750　FAX 099-219-9701
U R L　https://lagunapublishing.co.jp
e-mail　info@lagunapublishing.co.jp

編集協力　西口采希

装　丁　梼 陽子

印刷・製本　シナノ書籍印刷株式会社
定価はカバーに表示しています
落丁・乱丁はお取り替えします

ISBN978-4-910372-33-4 C0095